取火者的逮捕

郑振铎 著

泰山出版社 · 济南 ·

图书在版编目（CIP）数据
取火者的逮捕 / 郑振铎著. -- 济南 : 泰山出版社,
2024. 10. -- (中国近现代名家短篇小说精选).
ISBN 978-7-5519-0899-3
Ⅰ. I246.7
中国国家版本馆CIP数据核字第2024WF7184号

QUHUOZHE DE DAIBU

取火者的逮捕

责任编辑 王凌云
装帧设计 路渊源

出版发行 泰山出版社
社　　址 济南市泺源大街2号　邮编　250014
电　　话 综　合　部（0531）82023579　82022566
出版业务部（0531）82025510　82020455
网　　址 www.tscbs.com
电子信箱 tscbs@sohu.com
印　　刷 山东通达印刷有限公司
成品尺寸 140 mm × 210 mm　32开
印　　张 5.75
字　　数 130千字
版　　次 2024年12月第1版
印　　次 2024年12月第1次印刷
标准书号 ISBN 978-7-5519-0899-3
定　　价 32.00元

凡　例

一、本书收录了作者的经典短篇小说，主要展现了作者的思想情感、审美取向与价值观念，以及当时的时代风貌等。

二、将作品改为简体横排，以适应当代的阅读习惯。原文存在标点不明、段落不分等不便于阅读之处，编者酌情予以调整。

三、作品尽量依照原作，以保持原作风格及其时代韵味，同时根据需要，对原文进行了适当的删减和订正。

四、对有些当时惯用的文字，如“的”“地”“得”“作”“做”“哪”“那”“化钱”“记帐”等，仍多遵照旧用。

作者自序一

这部《取火者的逮捕》是在一九三三年到三四年之间写成的。小说它自己会说明一切，本来无须我再加上这么一篇新序。但时间已经过去二十多年了，可能有些读者对于写这部小说的背景不太明白，还以为真的是“满纸荒唐言”呢，故不能不稍加以解释。《取火者的逮捕》虽然是由四个短篇小说所集成，而其实却可以说是一个长篇；题材只是一个，那就是：描写“神”的统治的横暴与歌颂“人”的最后胜利。虽然写的是古代的希腊神话，说的却是当时当地的事。“借古人的酒杯，浇自己的块垒”，是有大不得已的苦衷的。我们知道，二十世纪的四十年代，在中国是一个最黑暗的时代。残酷无比的统治者和其喽罗们手上沾满了革命烈士们和无数无辜者的鲜血，没有一天不在张牙舞爪地择肥而噬。恐怖的空气笼罩在大地之上，却有许许多多的仁人志士在中国共产党领导下，不怕任何的压迫与横暴，坚贞地从事于革命事业，相信革命一定会成功。我写这部东西的当儿，是从肃杀的秋天，经过狂风虎虎的冬天，到繁花怒放的春天的。满腔的悲愤，一肚子的牢骚，却也就在这最黑漆漆的夜里看到了将要到来的黎明时的红色曙光。每一篇东西都是一鼓作气地写成的。当时有些读者们以为，这不过是“神话”，是“寓言”，有的人还特别反对最后的一篇《神的灭亡》，以为是荒唐无稽之至。但我自己知道，那实在是一部“预言”。那“预言”是会最后实现的。果不其然，“人”是终于光辉地得到最后的胜利了！那是人类发展的规律。被注定了要灭亡的横暴的统治阶级，是任怎样也不可能挽救其悲惨的命运的。我原来曾说：“神之族整个的沉落在无底的最黑暗的深渊里去，连柏洛米修士也在内。”现在看来，取火者柏洛米修士，人类的好朋友，是不应该和“神”之族一同被消灭的。因之，在《神的灭亡》一篇里便删去了“连柏洛米修士也在内”一语，以及其他有关的辞句。除此以外，在全书里差不多没有什么其它的改动。我之所以有勇气把它重新印出来，是在重读了一遍之后，觉得虽然是已经过去的历史了，却还有些生气存在着。究竟是不是这样呢，那是有待于读者们的批判了。所有这部小说里提到希腊神话里的故事，其详细的叙述都可在我的《恋爱的故事》《希腊罗马的英雄传说》和其他讲述希腊罗马的神话与传说的书里找到。原来用的是“郭源新”这个笔名，现在也趁这个新版的机会改了过来。

1956年3月6日写于北京

作者自序二

希腊神话是个无穷尽的艺术的宝库。到今日，许多的艺术家还不曾把眼睛离开过这片漂亮的清泉与草地。只要你去，你便可以欣然的得到你的收获，虽然所得是各有浅深。

那是美的自身，爱好的人汲取不尽，模铸不完的。那“美”将是永远的呈现于人类之前，而成为人类文化的最可夸耀的一部分的成就。

也并不是小市民们的幻想的遁迹之所在。神话里的天和地，根本上便不是人类幻想的结果，而是记录着真实的古代人的苦斗的经过，以及他们的心灵上所印染的可能的争斗的实感与其他一切的人生的印象的。

所以，所谓神话的“美”，并不是像绿玉白璧乃至莹圆的珠，深红的珊瑚般的只供观赏赞叹之资的，而有着更深入的社会的意义。陈列于巴黎洛夫博物院里的那尊绝美的古代妇人（说是Venus de Milo，但据专家们的考证，她并不像是Venus）以及那些从雅典处女神庙取下来的绝精绝美的许多浮雕，正是表现着雅典的一个伟大的黄金时代，古希腊市民们丰裕满足的生活。然而其对面，却是受难的被屈服的Titan族，却是残酷的被消灭了的半马人们（Centaurs），却是将要死去而尚痛苦的挣扎着的女战士们（Amazons）。他们的艺术家们也并不将那些隐藏在神道们的满足与嬉笑，胜利和盛宴的绚丽的外衣里面之斑污剔除了去。而那位倔强可怜的牺牲者妮奥卜（Niobe）和那位目睹二子为蛇所咬毙，而他自己也在和死亡挣扎的无告的父亲拉奥孔（Laocoon）却更充分的表现出神道们的把戏是怎样的无赖与无聊——而恰也正象征着没落的在难中的马其顿人统治后的希腊人的生活。

远在这一切之上，弹奏出永远的反抗的调子的，乃是预知者柏洛米修士（Prometheus）的故事。这故事，很早的便在Hesiod的*Theogony*里叙述着。其后大悲剧家Aeschylus更取之而写为*Prometheus the Fire-Bearer*，*Prometheus Bound*及*Prometheus Unbound*的伟大的三部曲。这伟大的三部曲虽仅存了中间的一部（即*Prometheus Bound*），而我们读之，却是怎样的感动！那伟大的为人类而牺牲的柏洛米修士，便是一切殉教者的象征。苏格拉底，耶稣，释迦牟尼，墨翟，都是这一型式的人物。在个人主义的自私的空气，若烟雾腾腾，黑天昏地似的弥漫于一切之时，能不有感于这！

英国诗人雪莱（Shelly）的*Prometheus Unbound*却更敲弹一个别调：表示出永不屈服的人的精神来。

采用了这故事，陆续的写了《取火者的逮捕》等四篇小说，虽然并不是有所为而作，却实在是长久的憧憬于古希腊神话的崇慕里的结果。有一部分，是离开了那古老的传说而骋着自己的想象的奔驰的，但大部分却都不是没有根据的捏造。

Hesiod在他的*Works and Days*里很简单的说到了柏洛米修士偷火的事：

> 但宙士，他心里生了气，藏去了它，因为机警的柏洛米修士欺骗了他，所以他计划着要给人们以忧愁和不幸。他藏起了火；但那位埃壁托士（Iapetus）的崇高的儿子却又从主宙士那里偷它出来，给了人们，他把火藏在一支空的茴香杆里，所以那爱雷的宙士不曾见到它。

但后来，聚云的宙士却很生气的对他说道：

“埃壁托士的儿子，你的机灵诚高过于众人，你很高兴，以为你已瞒过我而偷去了火——那火将成了你自己和人们的一个大的疫症。但我要给人们以一件坏的东西，作为火的代价，而在这东西上，当他们拥抱着他们自己的毁灭时，他们心里还喜欢着呢。”

人和神的父，这样的说着，高声的笑。

以下便说宙士怎样的吩咐海泛斯托士（Hephaestus）以水和泥，创造了一个女人，并命雅西娜，爱孚洛特蒂，合尔米士都各赠她以美，以技能，以无耻和欺骗，这样便将她送给了柏洛米修士的兄弟依辟米修士，而贻人类以大患。在这书里并不曾提到柏洛米修士因偷火而受难的事。

在他的《神谱》（*Theogony*）里便说起埃壁托士娶了海洋的女儿克里米妮，生了亚特拉士和柏洛米修士等四个儿子。柏洛米修士怎样的被宙士所迫害：

而有智的柏洛米修士，宙士以不可破损的束

> 缚，残酷的铁链，捆住了他，还以一支箭杆，贯穿他的胸部，而更以一只长翼的鸷鹰栖息在他的身上，时时啄食他的不死的肝；但到了晚上，那肝，被鹰啄食的一部分，又重新再长好。

但那只鸷鹰，后来被希拉克里士（Heracles）所射死，就此救柏洛米修士于这可怕的疫疾之中。高高在上的宙士是有意的使他这么做，他为了要给他的儿子希拉克里士以这个光荣，而宽恕了柏洛米修士从前和他斗智的旧隙。于是，Hesiod在这里便追述起从前人和神在米柯尼（Mecone）辩论时，柏洛米修士因为分配牛的肉骨不均，有意的欺骗了宙士，因此，两个结下了仇。而宙士便把火藏了起来，不给人类。然而柏洛米修士却又从宙士那里，偷出了火，藏在空的茴香杆子里，因此瞒过了宙士。宙士遂创造了女人，用以给苦恼于人间，以抵偿“火”的恩赐。所以宙士是不可能被欺骗，而且不可能被超越的；即使是埃壁托士的儿子，仁慈的柏洛米修士，也不能逃脱出他的重怒之外，而终被强固的束缚，捆住了他，虽然他知道多端的巧计。

在这里，我们看，Hesiod是怎样的为宙士辩护，而将“无理”的一方尽推给了柏洛米修士。神权的信仰，是紧紧的捉住了这位作者的心灵。在宙士统治时代的《神谱》之记载，其成为这样的结果，是无足怪的。

大悲剧家Aeschylus的三部曲，却把柏洛米修士的反抗的精神抬举出来而加以有力的烘染了。从柏洛米修士的口里，说出了对于宙士的有些不敬或怨望的话，已不是绝对的信仰和崇敬了；同情是被放在取火者柏洛米修士的一边。他的第一部曲*Prometheus the Fire-Bearer*已佚，所叙为何，非我们之所能知。第二部曲*Prometheus Bound*尚存于世，其所言，大约是这样：

> 柏洛米修士，因偷火给人类，触怒于宙士，而被宙士命海泛斯托士将他钉于高加索山的史克萨峰上。海王亚凯诺的女儿们来拜访他，深表同情于他的受难；亚凯诺自己也来此，却劝柏洛米修士降服于宙士。他不听。而宙士的别一个牺牲者，埃娥（Io），在这时也登场了，她被变成了牛，因神后希拉的妒忌被驱赶着到处的奔跑，而百眼怪变成了牛蝇，一刻不停的在扰苦她。柏洛米修士告诉她，将恢

复人形，而生一子，成为一高贵神族之父，其子孙之一，希拉克里士，将会解放了他。他还预言说，宙士将要有一次的缔婚，其所生之子，将要夺去了他父亲的地位。而宙士立刻便派合尔米士来要求柏洛米修士说出这将来的危机的详情。但柏洛米修士拒绝对他泄露什么，于是这伟大的戏曲便终止；于是宙士愤怒的把他的雷矢击打在床上，而将他的仇人，击沉到大地之下。

其第三部曲*Prometheus Unbound*也已佚；但据古典学者们的推测，剧中所叙的宙士和柏洛米修士的复归和好，大约是由于希拉克里士的出场，于是柏洛米修士被释放了，而他也便说出其久守的秘密，阻止宙士和海中女神底美丝（Themis）的恋爱，因此维持了宙士的统治的运命。

所以，就这三部曲的全剧看来，其情节还不是反叛的，人和神是终于得到一条和解之路。

关于底美丝的事，Apollodorus的*The Library*也说及：

> 但有的人则说，当宙士正热恋的追求着她时，柏洛米修士却宣言道：她为他所生的一子，将成天上之主宰。

而Hyginus的*Fables*便由此生出了一段异说：他说，宙士之所以释放了柏洛米修士者，为的是感激于这位圣者所给他的不要恋上底美丝的警告。

这样，在古时，虽有好些异说，却都以宙士和柏洛米修士的复和为结局。

在革命诗人雪莱所写的*Prometheus Unbound*里，却以为反叛者的柏洛米修士和暴主宙士之间是没有重归和好之可能的。惟其表现柏洛米修士的反抗精神及其背景，当然也很受着Aeschylus的启示。

当雪莱这剧开场时，柏洛米修士被缚在高岩上已久，而海中仙女们，Panthea和Ione却在安慰着他。为了时日已久，他对于宙士的仇视的程度倒渐渐的减淡了，虽然其决心并未移易，且已不记得他当年对于宙士所加的诅咒了。而后来，因了大地所幻化的宙士的化身的自述，他又记忆起了这事。他说，他知道，宙士必被推倒。而宙士，为了要最后的知道这秘密，差遣了合尔米士和复仇女神们到他那里去，恐吓着他说，如果他再不将他所知的秘密宣布了，将会有更痛苦的结局的。

但柏洛米修士并不踌躇的拒绝了。复仇女神们因此使他听见“人”所受的诸苦，而给他以道德的创痛；然后离开了他。

Panthea和lone安慰了柏洛米修士，便走去寻找她们的姊妹亚细亚（Asia），柏洛米修士的恋人。而同时，柏洛米修士解放的时候已到，有语声命令亚细亚走到Demogorgon所住的地方去。她在那里，知道了Demogorgon的不可抗的权力以及柏洛米修士的立将得到自由的消息。于是她登上了时间之一车，而去目睹他的解放。

宙士和底美丝终于缔结了婚姻关系。Demogorgon升上了亚灵辟斯，投身于底美丝所生的婴孩体中，而将宙士从天上的宝座里推翻了下去。

柏洛米修士也在这时为人间英雄希拉克里士所释放；他和亚细亚重圆了，一同退居于某地。大地，天空和空气以及宇宙间的一切势力，欢呼的颂扬这和平友爱的新的统治的出现，而全剧也在欢呼声里闭了幕。

这种叛逆的情调，竟至于表现了暴主宙士的被推倒的情形的调子，乃是在宙士统治的古代神话里所不敢，也不能写出的。（在神话里而预言了“神”代的没落者，仅有北欧Saga里所叙述的及其群的故事而已。）

这里的连续的四作，其写宙士的统治的被推倒的情形，虽不甚同于雪莱之所写，而其颂扬“人”的胜利，“正义”的胜利的情调，却是一致的。

《取火者的逮捕》和《亚凯诺的诱惑》二篇，受到Aeschylus的启示也不少，特别是后一篇，其中有一小部分的对话，和一大部分的景色，都是取之于那本伟大的戏曲*Prometheus Bound*的。

《埃娥》的一篇，只是一部“插曲”，当然也免不了是由Aeschylus所述的柏洛米修士和埃娥的那一片对话里推演而得的。

关于埃娥，Hesiod也曾说及，道：

> （宙士把埃娥变了形）在西班底士的佳壤上，这个地方，不朽的神们从前曾称之为西班底士，但宙士这时，却以那母牛之名，名之曰优波亚。
>
> 而（希拉）派一个看守者监视着她，便是那个硕大而强壮的亚哥斯，他有四只眼，各

方皆能看得见。而那个女神更给他以不倦的精神，睡眠永不会坠在他的眼上，但他永远是看守着。

而Apollodorus对于这故事也叙说得首尾颇为详尽。在Ovid的《变形记》（*Metamorphoses*）里，更是烘染得动人。这些，我在《埃娥》里也都有引用到。

本来是不必再写第四篇的《神的灭亡》了；那必然的结局，已不止一次的在前面的三篇里提到。但仿佛总像有什么话倾吐未尽似的，遂竟不避蛇足，写下了这篇神的挽歌。

这篇是最架空无据，最荒唐无稽的，但究竟也是必然的结局。有了前面三篇，便不再写这篇，那结局也是这样的安排定了的。而在这篇里，所提到的种种的故事和典实，都不是没有什么依据的。像柯绿妮丝，妮奥卜等等的故事，都已为国人所熟知，故便也不加什么注释。

篇中所写的希拉，雅西娜和爱孚洛特蒂的诱惑，聪明的读者们当然立刻会知道是脱胎于那个显赫无比的拐走了绝代美人海仑的巴里士的判断三女神的故事的。这故事的概略，在有名的J.G.Frazer所注释的Apollodorus的

*The Library*里有过这样的记载：

> 因为这其中的理由之一，斗争抛了一个苹果，作为美貌的一种奖品，这奖品便为希拉，雅西娜和爱孚洛特蒂所争求；而宙士命合尔米士引了她们到住于依达山上的亚历山大（按即巴里士）那里，叫他去判断这事。而她们都允许给亚历山大以赐品。希拉说，如果她被判为一切妇人中之最美者，则她将给他以统治了全人类的国家。雅西娜允许他：战则必胜。而爱孚落特蒂则允许：将海仑的手交给了他。他便决定把胜利给了爱孚洛特蒂。

但最后的那些关于人与神的战争的描写，却是全无故实的。

这一片的“荒唐言”遂结之以更荒唐的结局。

然而这结局，果真是“荒唐的”么？

古人说得好：

> 满纸荒唐言，一把辛酸泪。
>
> 都云作者痴，谁解其中味！

罗贯中以古风一篇结束了他的《三国志通俗演义》，其中有二语道："纷纷世事无穷尽，天数茫茫不可逃。"所谓"神"代的史记，在这样的结局上结束了，也诚不过是"天数茫茫不可逃"的必然的结果而已。

1934年3月26日

目　录

取火者的逮捕　*001*

亚凯诺的诱惑　*023*

埃　娥　*049*

神的灭亡　*075*

访　问　*127*

汨罗江　*139*

取火者的逮捕

一

是暴风雨将来的一个黄昏。

死灰色的天空，涂抹着一堆一缕的太阳的红焰，那刺目的猪肝似的恶毒的颜色，使人看了便有些压迫之感，至少是不舒服。

宙士，神与人的主宰，郁郁的坐在他的宝座上；伏在座下的鸷鹰，时时在昂头四向，仿佛只等待宙士的命令一下，就准备着要飞腾出去，捕捉什么人与物。他手上的雷矢，在炎炎的发着白热以上的火光，照耀得立在他左右的诸神都有些目眩头胀，间或隆隆的发着雷声，其声闷而不扬，正足以表示其主人翁的蓄怒未发的心境。

一切都是沉闷，郁怒。

火山口将爆裂的一刹那，暴风雨将降临的前一刻。

等候着！未前有的沉默与等候！

二

神的厅上开始骚动起来，窃窃的微语。神们都转脸向外望。宙士抖擞着威风，更庄严的正坐着，暗地里在寻思着怎样开始发泄他的久已不能忍耐的闷怒。权威与势力活动了他们的紧握着铁似的双拳一下。座下的神鹰拍拍它的双翼。

远远的有两个黑点，在飞着似的浮动着。

这两个黑点，近，更近，正向神的宝座前面来。

是他们所期待的人物！

前面执着蛇杖的是神的使者合尔米士，后面跟着他而来的，啊，便是那位叛逆的取火者柏洛米修士。

神的厅上转又沉默下来，沉默得连一移足，一伸手仿佛都会有声响发出。

“别来无恙。”那位叛逆的柏洛米修士的丰姿并没有什么变动；山峰似的躯干，忠恳而有神威的双眼，表现着坚定的意志的带着浓髭的嘴唇，鬓边的斑白的头发，因思虑而微秃的头颅，以及那双多才多艺的巨手，全都不曾发生变化。

一见到他，期待着壮烈的，残虐的表演的诸神们反都有些茫然自失；一缕“反省”与“同情”的游丝似幻成千千万万的化身，各紧粘着诸神们的心头，摆脱不开。

未之前有的凄清的空气，弥漫了神的大厅。

神的使者合尔米士首先打破了这场清寂，循例的交差似的说道：

“父宙士，您命我去呼唤前来的柏洛米修士，现在已经在您面前了；他一听到您的命令便和我一同动身。”

人与神的主宰宙士似最早便震慑住他自己的权势和自重，使他立即恢复了他的严肃与残忍。他向侍立的势力和权威瞬了一眼，他们正铁棒似的笔立着待命；双拳是紧握的伸出，脸部是那么冷酷无表情，这增加了宙士的自觉的威严。

他紧皱着双眉，望着忠厚而多智的柏洛米修士本想立即咆吼的痛骂，却出于他自料以外，发出来的语声是那么无力而和缓。

“啊，你竟又在我的面前出现了，柏洛米修士，我的好朋友——不，现在你已自动的背叛我们而向下等的猥琐的人类那里求同盟，大约已不承认老朋友们了吧？你有理由说明为什么背叛我们而和人类为友吗？”

柏洛米修士山峰似的站在那里，并不恐惧，也不傲慢；他诚恳的微笑着，并不曾说什么。

他该说什么呢？

长久的沉默。

“你，怎么一声不响？”

宙士大声的开始咆吼，但一望着他的那么诚恳忠厚的脸部，又失了发怒的勇气。“你说，尽管无忌惮的说，为什么你要把神们所独有的神秘——火，偷给了人类，使他们如今如此的跋扈？”

想到了偷火的事，宙士不禁气往上冲。火是神们的独得之秘，是神的权威的代表，它只能放光明于神之厅与室，它只能供神作种种的利用的工具。有了这火，便足以夸耀于下等的人类之前，足以为他们永久的主宰而不虞其反抗。人们是在永久的龌龊卑污的生活中度过去的，那么可怜，那么无告，却正是神们所愿的；这样的人类，却恰好是最适宜的神之奴。宙士和诸神们从没有想到这神秘的火会由神之天堂而移植到人世间，而供猥琐可怜的人类利用的。然而这火却终于不能成为神的独有之秘密！

三

某一个冬夜，宙士带着他的儿子合尔米士踏着琼琚似的白雪而周行于大地上。手掌大小的雪片，在空中飘飞着，北风虎虎的在发威，把地上的一点一滴的水都冻结成冰块。大地上什么都在沉睡，什么都已深深的躲藏着。宙士挺了挺伟健的巨躯，全身充满着热力，雪花到了他身的周围的一丈左右便都已无声的融化而落在地上了；北风对于他也是服从惯了的，只是服服贴贴的悄然从他背后溜过去。

他们俩幽灵似的在雪地上走着，以克服了一切自喜。

他们也许便是此夜的仅有的夜游者。

“啊！”宙士以全肺部的气力叫道，他是高兴着。

大地几乎要回应着他的游戏喊声而打了一个寒噤。

一个奇迹突然出现了。

远远的，有一星红光在若明若暗的照耀着，映着白雪的大地，似乎格外来得鲜明。

是星光，难道？

铅灰色的天空，重重叠叠的为黑云所笼罩，所包裹，一点蔚蓝色的空隙都没有，哪里会有什么星光穿透重云而出现?

宙士以肘触触跟在他背后的合尔米士，悄声的说道:

“看见了么，你?”

“看见的。”合尔米士微笑的随意答道。他想，也许是娇媚的爱神又在进行什么新的情恋，结婚神正为她执着火把吧?也许是她的儿子，那位淘气的丘比得在闹什么玄虚吧?也许是羊足的萨蒂尔们正在向林中仙女们追逐着吧?也许是酒神狄奥尼修士正率领着他的狂欢的一群在外面浪游吧?

宙士没有他那么轻心快意的疏忽，这位神与人的主宰者，是饱经忧惧与艰苦的，一点点的小事，都足以使他深思远虑的焦念着，何况这不平常的突现的一星红光。

这不平常的一星红光使他有意想以外的严重的打击。

他有一种说不出恐怖的预警。

他一声不响的向那一星红光走去。

啊，突变!啊，太不平常的突变!

走近了，那红光竟不仅是一点星了，一点，两点，三点，……乃至数不清其点数，此明彼暗的竟似在那里向雪白的大地争妍斗媚，又似乎有意的彼此争向宙士和他的从者投射讥笑的眼风。

连合尔米士也渐渐的感觉到一种不平常的严重的空气的压迫了。

走近了——最先走近的一星红光，乃是从孤立于雪地上的一间草屋的窗中发出来。

这草屋对于神与人的主宰者宙士异常的生疏，刺目。

他想："这东西什么时候建立在大地上的呢？"

他们俯下身去，向窗中望着。更严重的一幕景象显呈于眼前。

一盏神们所独有的油灯，放出豆大的火焰，孤独而高傲的投射红光于全屋以及雪地上。

是谁把这盏灯从神之厅堂里移送到这荒原上来呢？

啊，更严重的是，对这盏灯而坐的，并不是什么神或萨蒂尔们或林中仙女们，却是那么猥琐平凡的人类。这些猥琐平凡的人类，当这冬夜向来是深藏在洞窟之中的。

是谁把这盏灯从神之厅堂里偷给了猥琐可怜的神之奴——人类的呢？

宙士不相信他自己的眼。他咬得银牙作响，在发恨。

"非根究出这偷火的人来不成！谁敢大胆的把神的秘密泄露了？只要我能捉住这贼啊！……至于这些猥琐的人类，那却容易想法子……"

他在转着恶毒的念头，呆对着窗内的那盏油灯望着。

一阵嬉笑声，打断了他的毒念。

父亲在逗着周岁的孩子玩，对灯映出种种的手势。孩子乐得“吧——吧——”的手舞足蹈的大叫着。另一个三岁的孩子伏在他妈的膝盖头，在静静的听她讲故事。

一阵哄堂大笑，不知为了什么。

这笑声如利刃似的刺入宙士的耳中，更增益了宙士的愤怒。

“这些神的奴，他们居然也会满足的笑乐！住神所居的屋！使用着神的灯！而且……满足，快乐！”

妒忌与自己权威的损伤，使得宙士痛苦。他渴望毁灭什么；他要以毁灭来泄愤，来维持他的权威，来证明他的至高无上的能力。

猛一抬头，一阵火光熊熊的高跳起，在五六十步的远近处。

随着听到乒乒乓乓铁与铁的相击声。

“这是什么？”他跳起来叫道。

他疑惑自己是仍在天上，正走在铁匠海泛斯托士工作场，去吩咐他什么。

那铁与铁的相击的弘壮的音乐，有绝大的力量，引诱他向前去。合尔米士默默的随在后边；他也是入了迷阵，却不敢说什么，他明白他父亲，宙士，正蕴蓄着莫名的愤怒。

那是一个市镇的东梢头，向西望去，啊，啊，无穷尽的草屋，无穷尽的火光！

这铁工厂雄健的镇压在市的东梢头，大敞着店门在工作着。火光烘烘的一阵阵的跳起；红热的软铁，放在砧上，乒乒乓乓的连续的一阵阵的重击，便一阵阵的放射出绚烂的红火花。那气势的弘伟壮丽，只有在海泛斯托士的工厂里才可见到。然而如今是在人世间！

宙士和合尔米士隐身在铁工场一家紧邻的檐下，聚精会神的在望着那些打铁的工人们。

铁与铁的相击声，此鸣彼应的，听来总有五六对工人在铁砧上工作，但他们只能见到最近的一对。

年轻的一对小伙子，异常结实的身体，虽在冬夜，却敞袒着上身；脸色和上身，铁般的黑。铁屑飞溅在他们的手上，臂上，脸上。一个执着火钳，钳着一块红铁放在砧上。他们抡起庞大的铁锤来，一上一下的在打，在击。红热的铁花随了砧锤声而飞溅得很远。两臂的筋肉，一块块的隆起，铁般的坚强。红光中映见他们的脸部，是那么样的严肃，自尊与自信！这形象是神们所独有的，而今也竟移植到人世间！

火光映到两三丈外的雪地，鲜红得可爱。

火光半映在宙士的脸部，铁青而忧郁。

天上？人间？

一个严重的神国倾危的预警，突现于他的心上。

瞬间的凄惋，忧郁，又为对于自己权威的失坠之损伤所代替。这伤痕，随着砧与锤的一声声的相击而创痛着。而望着那些自重的满足的铁工们的脸部，又像是一个新的攻击。

他回过脸去。他狼狈到要塞紧了双耳。

那清朗，满足，快乐的铁与铁的相击声，继续的向他进攻，无痕迹的在他心上撕着，咬着，裂着，嚼着。

咬紧了牙，脸色铁青而郁闷的转了身，他向天空飞去。

合尔米士机械的跟随着他。

四

这回忆刺痛了宙士的心的创痕。

“你有什么可辩解的？”

宙士雷似的对柏洛米修士叫道。

“为什么一声不响？”

他为柏洛米修士安详镇定的态度所激怒；血盆似的大口，露出灿灿的白色牙齿，好像要把世界整个吞下去；手紧捏了雷矢一下，便连续的发出隆隆的雷声，震得他自己也耳聋。

权威和势力齐齐的发出一声喊，山崩似的：

“说！”

他们的两对铁拳同时冲着柏洛米修士的脸上，晃了两晃，腕臂上的青筋，一根根的暴起。

柔心肠的铁匠海泛斯托士，打了一个寒噤，回过脸去。

柏洛米修士却安详而镇定的站在那里，山岳似的不动半步。

“为什么不说？”

宙士又咆吼着。

柏洛米修士银铃似的语声开始作响；那声响，忠恳而清朗，镇压得全厅都静肃无哗。

“你，宙士，要我说什么呢？你责备我取了火给人类。不错，这火是我给了他们的，我不否认。至于我为什么要帮助人类而和他们为友呢？这，你也许比别人更明白：我从前为什么帮助了你和诸神们，我现在也便要以同样的理由去帮助人类。”

这又刺伤了宙士，他皱着眉不声不响。

“我当初觉得你和你兄弟们受你们父亲的压迫太甚，所以，为了正义与自由，我帮助了你们兄弟，推翻了旧王朝。但自从你们兄弟们建立了新朝以后，你们的凶暴却更甚于前。你父亲克罗士是专制的，但他是个人的独裁。你们这群乳虎，所做却是什么事！去了一个吃人的，却换了无数的吃人的；去了一位专制者，却换来了无数更凶暴的专制者。你，宙士，尤为暴中之暴，专制者中的专制者！你制服了帮助你的大地母亲，你残害了与你无仇的巨人种族，你喜怒无常的肆虐于神们，你无辜的残跛了天真的童子海泛斯托士；你蹂躏了多少的女神们，仙女们！你以你的力量自恣！倚傍着权威与势力以残横加人而自喜！以他人的痛苦来满足你的心上的残忍的欲望！你这残民以逞的暴主！你这无恶不作的神阀！你说我离开了你，不和你为友，是的，你已不配成为我的友；是的，我是离开了你！我为了正义和自由而号呼，不得不离开你，正和我当初为了正义和自由帮助了你一样！”

他愈说愈激昂。斑白的须边，有几粒汗珠沁出，苍老的双颊，上了红潮，唇边有了白沫，面貌是那么凛然不可侵犯，仿佛他也便是正义和自由的化身。

宙士默默的在听着责骂，未之前闻的慷慨的责骂。在他硬化的良心上，这场当众的责骂，引不起任何同感，却反以这场当众的责骂为深耻。他的双颊也涨红了，双眼圆睁着，手把雷矢握得更紧——雷声不断的在响，仿佛代他回答，以权威回答正义的责骂——血嘴张得大大的，直似一只要扑向前去捕捉狐兔的猛兽。

海泛斯托士惊得脸色发白，他知道有什么事要发生。厅上的诸神们半声儿也不敢响。

这严重的空气从不曾在神厅上发生过。

五

格泊米修士山岳似的站立在那里，安详而镇定；他等候最坏的结果，并不躲避。

宙士并没有立时发作。

柏洛米修士又继续的陈说：

“至于我为什么选择了人类为友呢？”

他望了望厅上的诸神，悲戚的说道：

“我要不客气的说了，完全为的是救可怜的人类出于你们的铁腕之外。人类呻吟在你们这班专制魔王的暴虐之下，已经够久了。你们布置了寒暑的侵凌，秋冬的枯槁；水旱随你们的喜怒而来临，冷暖凭你们的支配而降生；乃至风霜雨露，草木禽兽，无不供你们的驱使，作为你们游戏生杀予夺的大权的表现。为了你们的一怒，不曾使千里的沃土成为赤地么？为了你们的厌恶，不曾在一夜之间，使大水漂没了万家么？雅西娜不曾杀害无辜的女郎阿拉庆么？她死后，不还把她变成蜘蛛，苦扰到今么？日月二神不曾为了他们母亲的眦睚之怨而惨屠妮奥卜所生的十四个少男少女么？……你们这些专制的魔王们恣用着权威，蹂躏人类，剥夺了一切的幸福与生趣，全无理由，只为了游戏与自己的喜怒。这是应该的么？啊，啊，你们的一部《神谱》，还不是一部蹂躏人权的血书么？无能力的人类，除了对你们祈祷与乞怜，许愿与求赦之外，还有什么别的趋避之途呢？而你们却以滥用这生杀予夺的大权自喜。以人们可怜的残酷的牺牲，作为你们嬉笑欢乐之源！假如世界上有正义和公理这东西存在，还能容你们横行到底么！”

他停顿了一下，以手拭去额际的汗点。

“你们以为人类便可以永久供你们奴使，永久供你们作为寻求快乐的牺牲品么？这形象不殊于你们，且有更光明的灵魂的人类，难道竟永久压伏在你们专制之下么？不，不，宙士，当你们神之宫里举杯欢宴，细乐铿锵的时候，你们知否人类是如何的在呼吁与愤怒！当你们称心称意在以可怜的被选择的人们作为欢乐的资料的时候，你们知否人类是如何的在诅咒与号泣！”

柏洛米修士睁大了双眼，仿佛他自己也在诅咒，在愤怒；额的中央暴露一条条的青筋，眼边有些潮湿，语声有些发哑，几要为着人类放声哭一个痛快。

勉强镇定了他自己，又陈说下去：

“这诅咒，这哭声，达到了辽远的我的住所；这哭声，这诅咒，刻刻在刺伤我的良心。我为了正义，为了救人类，老实说，也为自己良心的慰安，我不能不出来做点事。这便是我取了火，一切智慧、工艺的源泉，给了人类的原因。”

恢复了安详而镇定的常态，仿佛大雷雨之后的晴朗的青天似的，柏洛米修士山岳似的屹立在神厅中，等候着什么事的来临。

石像似的诸神，呆立或呆坐在那厅上；海泛斯托士感动得要哭出来。爱神的嫩脸，羞得通红，她也许正忆起了生平千件的不端的恋爱。雅西娜和月神亚特美丝恨得拖长了她们的青脸，咬着牙想报复。

宙士频频冷笑着，望望左右立着的权威和势力；他们俩像两支铁棒似的笔立着，摩拳擦掌的待要发作。

“你说完了话么？我的好心肠的柏洛米修士！现在轮到我的班次了。我不说什么。我要使你明白‘力量’胜过‘巧辩’。来，我的忠仆们！”

权威和势力机械似的应声而立在宙士的面前。

“把他钉在高加索山的史克萨尖峰上，永远的不能解放，为了他好心肠的偷盗。”

铁匠海泛斯托士低了头，两条泪水像珠串脱了线似的落在地上。他为仁爱喜助的柏洛米修士伤心。

宙士瞥见了这，又生一个恶念。

“而你，我的铁匠，你去铸打永远不断裂的铁链，亲自把柏洛米修士钉在那岩上。”

海泛斯托士不敢说什么，低了头走出厅去，诅咒他自己那可诅咒的工作。

六

权威和势力各执着柏洛米修士的一臂向厅外拖。

“停着！”宙士又一转念，叫道。

柏洛米修士的臂被放松了。他安详而镇定的像山岳般的屹立着。

“为了顾念到你从前对于我的有力的帮助，我给你以一个最后的补过的机会——把火从人类那里夺回来，当人类被夺去火的时候，你的罪过也可被赦免。”

柏洛米修士不动情的屹立着，默默不言。

“怎么？不言语？为了猥琐平凡的奴隶，人类，你竟甘心受罪么？”

“不，夺回火的事是不可能的了！我怎么能够‘出尔反尔’的卖友求免呢？这是一。再则，老实说，火是永久要为人类所保有的了。我去，你去，你们都去，都将夺不回来的了。这火在每一个屋隅，在每一个工厂，在每一个厨间，在每一个灰堆中，都坚顽的保有着。你们固能毁坏，夺回其一，其二；但你们能把每一个火堆中的火种都夺去了么？把每一屋里的油灯都毁弃了么？把每一件敲火器都抛到远远的所在去么？不，这是不可能的了！火成为深藏在每一个人心里的知识的源泉。你能把每个人的心都夺去么？火也便是知识的本身，其光明使人类照耀着正义与自由的自觉；你能把人类对于正义与自由的自觉都夺去么？不，这是不可能的事了——除非毁灭了整个的人类。”

“啊，啊，我便毁灭了整个的人类！”

宙士自负的冷笑道。

“这也是不可能的了。”

“为什么？我也不是曾经毁灭一次人类么？”

“不，这次你是不可能毁灭他们的了。”

“为什么？”

“因为他们已经得到了火，成为不可克服的了！火使他们知道怎样保护他们自己，怎样为了他们的自由与平等而争斗；火给他们以无量数的智慧，以无穷大的力量。他们将不再向你们这些神阀乞怜，祈祷的了！他们将不再在你们之前逃避，躲藏，求赦的了！他们也不再诅咒，不再哭泣的了！不，他们将反抗，用他们自己的力量。只要你们敢去和他们争斗，你们将见到他们新的力量的伟大与不可克服。他们将永不再受着你们的奴使与支配；他们要用他们自己的力量支配自己，为自己同类而服役，一人为全体而工作，而全体为一人而存在！他们将永不再成为你们娱乐的牺牲，喜怒不常的泄愤的对象；他们要用他们自己的力量来反抗外来的一切压迫，不，他们的新的力量，还足够撼动神之国的基础的。”

“什么！我将使你知道我的力量。巨人的一族都为我所灭绝，何况猥琐无力的人类。”

宙士气冲冲的说道，但他开始有些气馁，他知道预言者的柏洛米修士的允许是不会落空的。

“不，他们将不再感觉到你的力量的了；巨人族因愚蠢为你们所灭。但人类却将有一个远比你们更伟大，更光明，更快乐的前途；他们对于火的利用，将不是你们这班横暴无智的神阀们所了解的。啊，你们只会把火来照亮夜宴，来幽会，来装饰神的厅与室，来铸打兵器与铁锁，来作为毁灭敌人的工具。但人类却将火的功用改变了；火将不再是个人的装饰品，将不再是神阀的工具，将不再是阴谋与个人主义的奴役。它幻变了千万个式样，为全人类而服务，为向全人类的光明幸福的生活的建立之目的而服务。啊，火，我终于见到你是向着最光荣，最正当的使命而服役的了！”

柏洛米修士微仰着头，说教者似的，滔滔的陈说着，为他自己的幻想所沉醉。

“什么！你敢在我面前为人类夸口！”宙士咆哮道。

“这是事实，宙士，你将会知道。”

“好，你等着，你看我将再在一夜之间把整个人类都扫荡到地球以外。”

“不，宙士，不要逞强，这不是你力之所能及。”

“啊，啊，恰是我力之所能及的！”

“不，宙士，不要太自负了；人类已不复是猥琐无力的人类了，从得了火之后，在极短的时间里，他们已使他们自己具有了神以上的新的能力。”

“什么，神以上的能力，你们听听，这不是疯话！”

宙士向左右的诸神望望，诸神机械似的点点头。

“我几曾有过‘超事实’的允许！”预言者的柏洛米修士恳切的说道。

“随你的意思去允许什么吧，我是决意将要扫荡那批猥琐的人类的了。”

“你不能，宙士。”

“我能，柏洛米修士。”

“绝对的不能，我说。”

“绝对的能！我说。”

他们之间，几乎是斗嘴的姿态。

“当你们敢去和人类发生新的斗争的时候，宙士，被扫荡出大地以外的将是你们而不是人类。”

柏洛米修士安详而镇定的预言道。

“什么！你这暴徒！敢！”

宙士再也忍不住，大声咆吼道，整个神之厅都为之一震。

“来，把这叛逆带到高加索山去！”

权威和势力各执着柏洛米修士的一臂，向外推，形象狰狞得怕人。

“我因了帮助有伟大的前途的人类而受到苦难，我不以为憾。但，宙士，你的权威的发挥，将以我的牺牲为最后的了！”柏洛米修士安详而镇定的回过头对宙士说道。

“什么！”

宙士的愤怒的水闸整个的拉开了；他忘其所以的，双足重重的顿着，紧紧的把握着雷矢的那只手，在桌上重重的击了一下。一声震天动地的霹雳，烟火和硫磺气弥漫了整个神之厅。爱神爱孚洛特蒂惊得晕倒了，丘比特大叫的藏在椅下。宙士他自己也被震得耳聋。神之后希拉幽幽的哭了。雅西娜还是石像似的站立着，但她青色的脸部却笼罩上一层未之前有的殷忧之色。

雷声不断的大作，电光在闪，每一电鞭，都长长的经过半个天空。铅灰色的天空，重重的为破碎的棉絮似的雨云所笼罩。大雨倾盆的倒下去。

大雷雨像永不停止似的在倾泄，仿佛在尽量的表演神阏的最后的威力。

1933年8月3日

亚凯诺的诱惑

一

深蓝色的海水，被装在无垠的不可见的盂钵中，不知有谁在推动这盂钵，海水老是无休止的在动荡，一阵阵的涌了上来，方向巉岩嶙峭的史克萨峰下扑去。这耸立于此不知若干年代的峻峭的高峰，被猛撞着，仿佛痛痒不知似的，哗啦的作着喧声，海水自己碎在峰下了。白色泡沫在嘶嘶的叫着，但嘶嘶的白沫还不曾消散得净，它像受了猎人的矛伤的狮子似的，却又更勇猛凶顽的扑了过去。又是一阵哗哗的被击碎了的水声。

山峰无情的顽健的站着；那一层一层规则的巉岩绝壁，争仰其岭顶于天空。岩石的色彩是那么样的灰黄得可怖，永不曾有过青翠的绿色物在这硬块上爬行过。一望无际的灰黄色的嶙嶙的险石危岩，一望无际的深蓝色的海水。

哗哗的碎了的海水声，更增益了这里难以忍受的寂寞。

太阳终古的照射在这岩上，水上。危岩反射着闷人的郁抑的气息，海水反映出眩目的令人欲作呕吐的蓝光。

这可怕的荒山，这可怕的大地的边缘，几曾有人迹践踏过？——除了海中仙女们的偶一的经由于此。

远远的有铁链条的铮朗的相触声，来到了几个不寻常的来客。

海泛斯托士，天上的铁匠，低了头，走在前面，他手里执着一把硕大的铁锤，无精打采的，脸色苍白，眼光凄然欲泣。后来走的是权威和势力，两个铁铸似的身躯伟巨的奴才。他们监押了巨人柏洛米修士到这大地的绝边的史克萨尖峰上来。柏洛米修士神色安详，坚定的在一步步的跟随着他们走，仿佛具着牺牲的决心，任何艰苦，都已准备着去尝试。他的项上，围挂着永不会断裂的天上铁匠的炉中所锻炼出来的铁链。那铁链的另一头，被执在权威的手中。

“到了史克萨峰了，”权威道，“好座可怕的荒山！现在，海泛斯托士，是你该动手的时候了。”他向天上的铁匠招呼道。

大家都站住了足。势力四望的在找寻一个最适宜的锁钉那位取火者的地位。

“在这里！”势力叫道。

是那么险砞的一个所在，峭壁的低凹处，光滑的硬岩直立着，没有一条小路可走，下面一望便是大海，深蓝色的海水咆吼的喷吐着白沫。一阵大浪卷冲了来，水花飞溅到他们脸上了，凉凉的。势力觉得他唇上有点咸味。

权威把柏洛米修士带到那块危岩上去。铁匠海泛斯托士踟蹰不前的跟着他们。

柏洛米修士高傲的仰首望天：天空有几缕白云懒散的横躺着，太阳光嘻嘻哈哈的投射下来；云影清晰的照在山岩上，人影也清晰的照在山岩上。

“海泛斯托士，为什么不动手？”势力道。

海泛斯托士呆呆的站在那里，眼光老射在地上，仿佛内疚于心，不敢向那伟大的囚人，取火者柏洛米修士，窥望一下。

“是工作的时候了，海泛斯托士，”权威道，“主宙士吩咐你，把这个叛逆的偷火者锁钉在这峭岩之上，永久不能脱难。他犯下了那滔天大罪，胆敢把天上的火，一切知识和工艺的来源，盗给了人类。为了这，不能不使他吃些苦，使他下次知道该如何的服从主宙士的权力，不再闯什么乱子。”

海泛斯托士抬头对着权威和势力，紧蹙着愁眉，说道：

“唉，链子的一端，在你手上呢，权威。父宙士的吩咐，我还能不奉行？不过，以强力将一位同宗的神，锁钉在这个荒原，疾风暴雨常来照顾的地方，我却没有勇气了。柏洛米修士呀，”他回顾取火者说道，“聪明的朋友，你知道我多么难过呢！”他泫然欲涕，泪珠儿已聚集在眼边，勉强的抑止住了。“全不是我所愿意的，你该知道。父宙士吩咐下来，有什么办法可以违抗呢？铸就了那根不可断裂的铁链，将你锁钉在这个寂寞的荒岩之上，不见也不闻人与神的声音面貌的，我是如何的在诅咒我这可诅咒的工作呢！几次我要逃开熔炉，几次我的铁锤停在空中，敲不下铁砧上去，几次我要躲避了这可诅咒的工作。然而我又怎能躲避呢！柏洛米修士啊，你该知道，我生来是一个懦夫；主宙士的吩咐，我怎敢违抗呢！”真心的同情的在倾吐着他的心意，说出来了，心里反而觉得痛快些。“我怕那火热的太阳光要晒得你头晕眼花，晒得你皮肤焦黑。你，会渴盼黑夜的星天的来临。然而黑夜的释放，不多一会，第二天的太阳又将东升了。你将永远的在此守望着，不能卧，不能坐，不能睡眠。父宙士的心肠是铁做的，他决不会怜恤而释放你的。我最担心的，还是暴风雨后的夜间，狂飙卷了海水扑打在你的身上，几要将你吞了下去，连头发都将是咸湿湿的，然而第二天又将受烈日的焦灼！这无穷尽的痛苦生涯，你将怎样的过？”

他说着，末后是几乎带着哭声。

柏洛米修士不说什么，向他温柔的微笑着，仿佛像受难的慈母忘记了自己的痛苦而反要安慰其稚子似的。

权威咆吼道：“不要多话了！为什么不赶紧工作，反而逗留的说这些不相干的空虚的怜恤的话？为何不憎恨这神中的叛逆，将最珍贵的神的宝物盗给了凡人的？”

势力道：“当心你父亲的愤怒！”

海泛斯托士说道：“你们是那么野蛮凶暴！”

势力说道：“对他哭有什么用！又不能解放了他！不要无益的徒耗时间了。快动手工作！”

“立刻动手，不要再延搁下去了！”权威道。

海泛斯托士无力的手抱着大铁锤，说道：“这可诅咒的技术实在磨难死人！”

“抱怨也没有用。快动手！”

“我但愿别人有这个技术！”海泛斯托士说道。

权威说道：“除了主宙士可以说是具有真正的自由以外，谁还有什么自主的工作呢。”

海泛斯托士懒懒的站着，执锤的手下垂着，锤头拖倚在岩下，一点动工的表示也没有。

“怎么？不动工？当心主宙士看见你在这里踟蹰徘徊着。”

海泛斯托士有气无力的举起了大铁锤，“好，就动手。”

权威将铁链的一端，交给了他，“你牵了他去，锁钉在那边岩上。用力钉进岩石上。”

“知道的。”他说道，牵过了取火者，不敢正眼儿向他望着。这铁匠是硬了心肠在工作。铁和铁的相击声，震撼了整个荒原；那清晰的一声声的叮叮托托的怪响，盖过了脚下波涛的咆吼，直透入海底，惊起了沉沉酣睡的老亚凯诺，骇动了飞翔在远处海面上的诸仙女们。

“用力钉下去！打得重些！”权威道。

海泛斯托士道："看呀，他的这只手臂已经不能转动一分一寸的了。"

"再把他第二只手臂锁钉住吧。他现在该明白，他虽是狡猾，却终于脱不了主宙士的掌握。"势力道。

海泛斯托士无言的在工作着，他因为用力，额上有津津的汗液沁出。他的眼光还不能和柏洛米修士的相接触，老是躲开了他的。

"现在再把他的双脚锁钉住。"权威道。

"柏洛米修士呀，我实在为你伤心。"海泛斯托士放下了铁锤，欲泣的说道。

柏洛米修士不说什么，他现在是被缚在岩石上，连一转侧都成了不可能的。然而他忍受一切，他明白，他的牺牲并不是无意义的。

势力道："你又为主宙士的仇人而伤心了！当心你自己的前途。"

海泛斯托士不快的说道："这景象太凄惨了！"这话，很低声的说着，仿佛对他自己说似的。

权威道："再把他胸部的铁链紧钉起来。"

海泛斯托士道："我必须这么做，不劳你多吩咐。你能够帮我一下么？"

权威道："不，我要吩咐你，督促着你。"

势力道："你有着严厉的监工者呢。"

海泛斯托士悻悻的说道："你们的舌头说出来的话是严苛丑恶得像你们的形貌。"

势力道："我们生性便是那么样的。"

海泛斯托士不再说话。震撼人心肺的长久的铁与铁，以及铁石的相击，相触，相噬声。

最后，海泛斯托士说道："完了，我们走吧。他的四肢都已被不可断裂的铁链捆锁住了。"他提起了大铁锤，放在肩上，叹了一口气。"再见，柏洛米修士，自己保重！"

柏洛米修士只能向他点一点头，仍是默默不发一言，没有一丝的憎恨与屈辱之色。

势力向柏洛米修士做着鬼脸，讥嘲的说道："你把神之秘密盗给了凡人，但是现在凡人们能够救你出于这个刑罚么？人家称你为先思，柏洛米修士，好一位先思，看你能否把你自己从这个罕有的坚固铁工中解放出来！"

柏洛米修士回转了头，不去理会他。

权威和势力趾高气扬的走去了，如成就了一件大事业；海泛斯托士无聊的随了他们，痛苦的拖着步履不匀的双足走着去。

二

太阳光似有意的和柏洛米修士开玩笑，恶毒的直射在他的脸部。柏洛米修士侧了脸躲避着，然而光力还是紧逼着他，使他睁不开眼来。

岩下的水声，哗啦哗啦的，一阵阵的碎了，退了，又是一阵阵的争涌了上来。

寂寞得可怕。一只小鸟唧的一声，飞过天空。这是柏洛米修士所见的唯一的生物。

他轻轻的喟叹了一口气。太阳光晒得他头晕目眩。他想转一个身，然而不可能；铁链是那么紧的捆缚着他。他不得已要抬起右手来遮蔽这过强的光线，而他不可能！

痛楚开始袭击着他，一秒一分，像一年一季似的悠久。太阳今天仿佛在天上生了根，老不肯向西方归去。

额前有汗水滴出，渐聚渐大，沿了脸流下去，流到了眼里去，酸溜溜的怪难受。然而，用手拭去是不可能。渐渐的流到了嘴边，那咸腥味儿也够恶心的，只好用力的把它唾射出来。

一只大牛蝇，不知从什么地方飞来，爬在他手背上，叮得他又痛又痒，然而没法子去驱逐它。痒得他连牙齿都麻酸了！恨不得要顿足。然而，足也是那么紧紧的被缚着，不能移动！

牛蝇痒痒麻麻的沿了手臂，爬上了肩膀，更剧烈的苦恼捉住了他。那酸痒，不可抵挡，不能搔抓，把这位好脾气的巨人也弄得心头发火。他目射凶光，牙齿咬得紧紧的，要想捉住什么来出气，然而什么都在他权力之外！

牛蝇又爬上了下颔，爬上了左颊，爬上了眉端与额头。他灵敏的感得牛蝇的细足的爬动，它的吸嘴的不规则的触动，全身起了一阵阵的战栗，仿佛自顶至踵的皮肤，一粒粒的细胞，都在颤抖与凸出。

脸部被接触的部位，觉得有点被刺的痛楚。大概是有几个红肿的小泡粒。虽然他是那样的渴望着要用手抚摩一下，然而他的手却不能去抚摩。

这剧烈的痒与痛，继续的扰苦着他，恼得他要发狂。

死以上的苦楚！他但祷求大地在足下裂开了，把他吞没了下去。然而这祷语一点也无效。

三

这痛苦不知继续了若干时间。一秒一分是一年一季的悠久！

远远的有啪啪的鼓翼之声。一群美丽的海中仙女向柏洛米修士所在的地方飞来。

“是谁被锁在这悬崖之上呢？”一个仙女道。

“爸爸听得铁锤的震响声，知道是有人在受难。他叫我们来看望你的。”另一位仙女向柏洛米修士道。

柏洛米修士无声无力的答道：“我是神之族柏洛米修士。为了取火给人类，遭受这样恶毒的待遇。”他被痛楚扰乱得筋疲力尽。

不知什么时候，牛蝇已经飞走了。（是仙女们到来把它惊走的吧？）

太阳已经向西方走去，人影显得长长的倒映在东边的地上，空气是比较的清新与快爽。

海水安静的平伏着，有若熟睡的巨狮。一点涛声都闻不到。水面如镜似的平；水色蓝得可爱，好像是最可令人留恋的春湖。西逝的太阳光照射在水面，一片的清新动人的金光。

柏洛米修士长长的吐了一口气，像是从死亡中逃了出来，几乎把刚才的倦苦忘个干净。

“啊，是亲爱的柏洛米修士！”海中仙女们同情的齐声叫道。“爸爸叫我们飞快的跑来；我们不顾双翼的疲倦，却见到的是你，被难在这里！”

“你们看，我是那么不能动弹的被锁在这里！”

“我们看见的，咳，柏洛米修士呀，我们实在为你难过，我们的眼睛都起了雾，我们的泪快落下了。是宙士把你紧缚在此吧。他也实在太恣意的为所欲为了！”一位仙女道。

“被他推倒的旧王朝还不至这样的虐待亲人呢。”又一位仙女怀旧似的说道。

柏洛米修士道：“是我扶掖了他登上了他的宝座，而今我却食此报！但我并不灰心，并不懊悔。我知道，他的统治也不会久远。我看出了一个新的光明时代的到来。”他眼发亮光，望着天空，预言家似的说着，仿佛那光明将来世界，他已是见到其征兆。

“他将很残酷的被推倒了，直从最高的所在，跌落在地下的最深最暗处。他的王朝将整个的粉碎了，被扫除了，连纤细余屑也不留存。神之族将被逐出地球以外。

代之而兴的，将是那些滋生极盛的人类；他们久被神之族所奴使，所蹂躏，所压迫，而那时却将抬头，成了他们自己的主人翁了。地上将是那么美丽的乐园；人世间的生活将是那么自由，平等，恬静，美好。”柏洛米修士滔滔的说着，似为他自己的幻想所沉醉。

海中仙女们听说故事似的在静静的听着。“那么，神之族能自救么？”其中的一仙女问道。

柏洛米修士摇摇头，“运命是这样的注定了的。谁能和运命抗争呢？宙士还不是时时低首于其前的么？”

仙女们凄然的不语了好久。海风渐渐的大了，海水开始又蠢动起来。砰砰哗哗的声响，又在岩下吼着。太阳光更向西了，微弱无力的将其余晖悬挂在海面上。景象凄凉得可怜。仙女们的衣衫被风吹拂得卜卜作响，有若张在归舟之上的百幅风帆。

“难道竟没有法子可逃出运命的残酷的爪牙？”

柏洛米修士叹道：“被牺牲在宙士的残酷的爪牙之下的也够多的了！以牙还牙……”

“不，柏洛米修士，这不是宙士独自一个的事。你该为神之族打算。”一位仙女道。

“我何能为力呢？这是不可避免的！堕落的便该没

落，运命永久指导着最大多数的幸福。而神之族早已走上没落之途了。少数神们永久把握着统治权的事当然不是运命和公道所允许的。”柏洛米修士说教似的道。

“记住你自己也是一位神呢。”另一位仙女道。

柏洛米修士笑道：“我不能违抗运命与公道的指导。走上了没落之途的堕落的神之族，是决不能以我之力而挽回劫运的。”

海中仙女们凝立无语，如一群石像似的，假若不是海风吹动了她们的金发和衣衫。

她们凄然的互视着，眼中含着泪雾，像是已看见了她们自己的运命和归宿。

太阳红得像深秋的柿子，无力的躺在水平线上，仿佛一失足便要永久沉沦在西陲而不能再起似的。黑云聚集在天空，更多，更浓，更厚。傍晚的海风更严厉在追扑一切。寒冷与严肃的气象弥漫于空中，但夕阳的最后余光，究竟还在努力的和风云争斗领域。它的可怜的病人似的淡金光，还挣扎的牵拉着黑云的衣袂不肯放手。这便使迟暮的光阴还略存留些生气。

深蓝若墨的海水在崖下翻腾滚沸着，哗哗的碎了，又怒吼的扑了过去。其咆吼声，掩盖过一切声响。

四

一只鹰嘴的飞狮，拖了一个坐车，出现于海波汹涌之中，坐在车中的是老年的海之主亚凯诺。

“爸爸自己来了。”几位仙女们从梦中被惊醒似的同声叫道。

亚凯诺的车停在荒岩上。他下了车，走到柏洛米修士的身边，叫道：

“啊，亲爱的柏洛米修士，你受苦了！我一闻到这个消息，便赶来看望你。试试我有没有方法，救你出于这个困厄之中。”不等柏洛米修士的回答，他又向海中仙女们吩咐道：“你们停留在此已久了；晚风凄厉，快些归去吧。”

仙女们凄然的望着柏洛米修士，飞起在天空，如一群海鸟似的，啪啪的鼓动双翼，渐远而不见了。

“啊，亲爱的柏洛米修士，你遭这场横祸，我真为你伤心。你知道我是怎样的关心于你呀！老友！总有法子可以想的。你不要过于灰心失意。宙士不是那样忘恩负义的。他的暴烈的性格，如飙风骤雨似的，一过去，便又是天朗气清了。我试试看，能否为你们俩和解一下。”

柏洛米修士凝望着这位老者亚凯诺的脸部。他的白发被海风吹得凌乱的拂垂着，颔下长长的白须也在不安静的动荡着；皱纹爬满了脸、额与眉边，肤纹尤为深刻，好像用尖刀深深的划成似的；眼光有些枯涩，已没有什么锋利的神彩了；夕阳照在他脸上，好一副饱经世故的老奸巨滑的多变化的颜面！

“可怜的海泛斯托士，你知道，他是如何的为你而伤心！他嘴里永在诅咒他自己的工作。他跑到我那里大哭了许久。他不敢向宙士为你求恕，你知道，他是那样的一位懦怯可怜的人物。一见到他父亲，他便要足踟蹰而口嗫嚅的。他对我哭，要求我设法救你。即使没有他的要求，老友，假如我知道了你的事，我也是要为你设法的。”

好像等待着柏洛米修士的回答似的，亚凯诺的眼光老是凝注在他的脸上。

柏洛米修士沉吟的说道：“有什么可设法的呢！你看，宙士那家伙高高的占据着他天上的宝座，却以这样的方法对待我！——我从前是那样的帮助过他！你想，亚凯诺，和这种家伙还有什么话可讲的呢！”

亚凯诺连连的把枯瘦的手指掩在嘴上，狼狈的四顾着，摇头的说道：“轻声，轻声，不要说这些愤慨的话了。宙士虽然高坐在天上，他却是无所不知，无所不闻的呢。前话不用提了；如今他是神之王，我们便该服从他。老友，你要平心静气的仔细想想‘在他门下过，怎得不低头’。也许还要有更甚的痛苦，在等待着你呢。他处置你，还不容易。谁敢不服从他？可怜的柏洛米修士呀，你该听从我的劝告，抛开了你的傲慢与愤怒，寻求一个补救的方法。我是无不愿意为你尽力的。”

这一篇好心肠似的劝谕，竟打不动柏洛米修士的伟大的自信的心。他明白老人亚凯诺是有人差遣来的。他找不出什么恰当的明白拒绝的话，只是默默的低头不语。然而映在夕阳的最后光芒之下的他的脸色，却表现着沉毅而坚决的光彩。

亚凯诺不见柏洛米修士回答他，便低首下心的又柔声的劝说道：“我的柏洛米修士呀，你的受难，全为了你的正直与崇高的精神。神与人，谁不敬佩你的伟大的‘人格’呢！不过你也不该太自苦了。不该为了猥琐的凡人们而牺牲到这个地步。你的高傲，你的不肯卑躬曲节，你的不屈服于艰苦之前，已经是谁都朗亮的明白的了。但是，你如果肯听我的劝告，我可以决定，宙士的心并不是不可以挽回的。我为了你，不惜奔波一夜，卖了老脸去说情，也许可以把你从这场困苦里解放出来。不过……你是聪明绝顶的人，你该明白，宙士的愤怒不是空言所可挽回的。”

他装着很关切，絮絮切切的说着。柏洛米修士听得有些不耐烦，脸上涨满了红潮，正和天边的红霞相映照；足下澎湃的涛声，似若为他而倾泄郁怒。

柏洛米修士以银铃似的声音，朗朗的说道：“亚凯诺，谢谢你好意的惠临。你的来意，我岂有不明白的么？我老实告诉你了吧，我和宙士之间是没有可以复合的。你不必徒劳跋涉。”

亚凯诺还想再试试最后的努力。“知道你是明白人。我的来，全出于一片好意。你该仔细为你自己打算一下。至于宙士那方面，老实说，我可以有些把握。关键全在你这一边。‘明人不说暗话’，只要——”说至此，他突然放低了声音，“——你肯把‘火’从凡人那里再取了回来，只要你肯向宙士服罪输诚，他立刻便可以放你自由的。你何苦来为了凡人们而自甘牺牲呢？”

柏洛米修士脸上若蒙了一重严霜，凛凛不可侵犯的说道：“向宙士自首？出卖朋友？啊，亚凯诺，你以为我肯那么做么？”

亚凯诺失望了。他明白，这一场劝说是白费了的，但他还最后挣扎的辩解道：“我并不是说要你去自首。你既然会把火给了人类，自然也会将它取了回来。这似是并不困难的事。何必为了人类而受难呢？他们难道还会有什么伟大的前途？”

柏洛米修士说道：“即使我愿意把火取回，也已是不可能的了。这火已成了人类最可宝贵的财产；他们有了火，已是自由强盛的一族。他们将不复为神的奴隶与玩物了。神之国将灭，代之而兴的便将是他们！”

“你说什么！”亚凯诺惊叫道，“难道那些猥琐的人类，宙士会在一夜之间将他们全都扫出地球以外的，竟会代神之族而兴！啊，好不可笑的事！柏洛米修士啊，你实在有些神经错乱了，大约今天的刺激太深了吧。”

“不，亚凯诺，”柏洛米修士道，“我的允许没有落空的。这人类不像他们的祖先那样的驯良而易欺压的了。他们所蕴蓄的无限的力量，将不是你们所知道的。如果神之族要去扫荡他们，那么被扫荡的将是神之族而不是他们；这话我已坦白公开的对宙士说过了。也许，结局来得更快；没有等到神之族的发动，他们将更快的建树起‘剿神军’的旗帜了，以无限的新力，攻击腐败，堕落，横恣，无助的神之族，还不像‘拉枯摧朽’似的容易么？亚凯诺，你又何必为这无益的奔走呢？我也劝你，且安静的等待着运命所预备给你的结局。为暴虐的宙士做说客，是决不会有什么效果的。”

亚凯诺有些勃然，但突然又燃起最后的一线希望。“我是完全为了神之族的前途而来的。‘两虎相斗，必有一伤。’你们何苦自残而授人类以隙呢？你难道不是属于神之族么？难道你忍坐视神之族为猥琐的人类所灭绝么？忍视神之国为他们所推倒，神之庙堂为他们所窃据，神之财产文物为他们所盗取么？你是光明磊落，聪明正直的。为何厚于人类，而反薄于神之族！你该明白——我知道你一定是明白的——当神之族果真毁灭时，你难道可以独存？为何做这自掘坟墓的笨事？”

柏洛米修士凄然的说道：“你这些话，我何尝不曾想到呢？我之扶植人类，完全为了正义与运命的驱遣。神之族这若干年来所造下的罪恶，不是罄竹难书么？他们自趋于堕落之途，自陷于没落的运命，我怎能以只手挽回之呢？我难道铁石所造的，竟一点亲情都没有？你知否，我曾经怎样努力的要挽回这不可挽回的运命？我之所以帮助宙士兄弟们推翻了他们的父亲克罗士的王朝，便是要尽最后之力于此的。岂知宙士们那批乳虎，其为暴为残的程度又甚于旧朝数十百倍呢！运命之所弃的我岂能帮助之？至于自己，我是早已明了我的结局的。不过，在结局未来之前，我总是要尽心之所安做去的。”

亚凯诺惘然的站在那里，他的须发被晚风吹得散乱不堪。他目送斜晖，看太阳的红球渐渐的与西方的水平线相接吻。“难道没有方法可以逃出运命的掌握么？”成了谵语似的自白。

柏洛米修士道：“无可挽回的，运命已明白的诏示过我们了。”

太阳的红球已半沦于海面之下，显得格外的圆大，其光焰是那样红得可怜，有若肺病患者的临终的脸颊。天空的黑云，聚集得更浓厚，云边的彩色，渐由红，而紫，而深灰，而黑。那太阳的红球，很快的便沉到西天的下面。阴影立刻便爬满了一切山与川，海与崖，但西方还存留着夕阳的余晖。一缕缕的残霞，尚照映得见亚凯诺的脸色，那脸色是苍白而多忧的。

“难道果然没有可挽回的么？假如取回了火呢？”嗡嗡的语声，像从无垠的空虚中发出。

“无可挽回，火也绝对的取不回来。”

瞿然像从梦中醒来似的，亚凯诺用手指搔理着他的乱发，愤愤的说道：

“那么，当这大危机将到之际，你竟不肯一援手？”

“何尝不肯援手呢？实在运命是这样注定了的，连她们自己也是无法变更。”

“好吧，天黑了；柏洛米修士，再见。废话不多说了。不过，最后，在神之族不曾遇到结局之前，你也许便要先遇到你的残酷的运命吧？！啊，啊，你这场壮烈的无名的牺牲！”这老人的话，转成了刻薄的讥嘲。

柏洛米修士像就义的烈士似的，以沉毅的语声答道：“牺牲难道还求‘有名’！世界的构成，便是从无量数的无名的壮烈的牺牲之上打基础的。”

“啊，啊，柏洛米修士，我敬服你的至死不变的坚决的意志。但是，你为了猥琐的人类而受难，人类会感激你么？恐怕他们连知道这事都还不曾呢。”亚凯诺坐上了车，讽刺的说道。

“为‘正义’而牺牲，而受难，岂复求人之知！”柏洛米修士自誓似的答道。

亚凯诺颓然的拉起缰绳，飞狮急速的拍着双翼。

无际的黑暗，吞没了一切。

五

夜潮格外喧哗得可怕，但柏洛米修士的心神比较白天宁静得多。牛蝇的叮咬处，又有些蠢动的酥麻的作痒，却已经微得可耐下去。足下的汹汹猛冲的海水，浪花激得高时，往往飞溅得他一脸一身一发的湿漉漉咸水。

在这无边的黑暗里，沉默主宰了一切，柏洛米修士也沉入深思之中。他觉得可笑：宙士托亚凯诺来游说他，活现出这专制者的狼狈的心情来。亚凯诺那副狡猾的老脸，吞吐的辞令，回忆着还有些厌恨。他们实在太卑鄙了，他难道是一个吃了些苦处便会屈服的人物么？他岂是一位出卖正义与友谊而违叛运命的指令以求得自己暂时的自由与安乐的人物？这徒劳的劝诱！但一想到亚凯诺临走时的愤愤的讽嘲，他也有些不安。他知道有更可怕的残酷的虐刑在等待着。他不怕什么壮烈的牺牲；但零碎的磨折与奇惨怪特的苦楚，却是很难抵挡的。他预备鼓起了勇气在迎接什么新的残酷。

过度的兴奋，使他肢体与精神都有些困倦。他要想酣睡，打了好几个呵欠，然而被牢牢锁钉着的四肢和胸背，使他的身体不能与岩石接触。倚着，仰着，俯着，都不能与岩土相亲贴。粗硬的铁链，磨得他肤肉奇痛，压得他肌骨酸楚，以双手支持体重，或以双足支持着，都是很不安，很难当的。全身被牵动得不时作痛。

痛楚在支持着他的睡眠的渴念。

不意的，有一个声音在他面前说话："柏洛米修士，父宙士差我来最后问你几句话，你要明白的回答。"不知什么时候，执蛇杖的神使合尔米士，小窃似的已溜到了他的身边。

柏洛米修士以沉默当作了回答。

合尔米士宣示似的说道："父宙士，神与人之王，他吩咐你立即设法把火从人间取回；还有，神之族将如何维持永久的统治权，你也要明白的指示出。这是你所能的。你如果这么办了，立刻便可自由，而且还将永享天国的荣华与功名。如果再顽抗不遵命令，那么，更楚毒的刑罚与牺牲，你要准备着忍受。你须熟思自身的运命！"

柏洛米修士愤懑之极，变成了冷笑。"不，合尔米士，你这趟奔走是徒劳的。恐吓并不比劝诱更足以动我的心。我知道我自己的运命。我和宙士之间，没有什么可和解的。"

合尔米士不理会他这决心的表示，又机械的传示道：“给你以十分钟的最后期限，是或否！”

“否！”柏洛米修士悲愤的不假思索的答道。

沉默了好一会。时间是蜗牛似的在慢爬。难忍的局面。

“是或否，只要一句话；已经过了六分钟了。”

“否！”一个坚决的受难者的宣言，似带着无限的勇气与受苦的牺牲的决心。

“已经过八分钟了；是或否？”

“否！”

“是或否！最后的一分钟，十秒钟，一秒钟了！”

“否！否！”更坚决，更洪朗的断言。

“好，你这顽强的叛逆者！等待着——”

水蛇似的，一闪眼间合尔米士又在黑暗中溜走了。

六

一条电光，闪过天空，几乎是经过大半个穹圆的天，像是一个信号。以后是，继续不断的电光在闪。雷声跟了来，更猛更烈的烟火，似专注在这史克萨峰的荒崖，满处都是难忍受的硫磺气味。大地在动，待裂不裂，左右的撼摆着。岩石似帆船行于大洋的暴风雨中时的桌上的陈设般的，东倒西倾。铁链因着在大岩上，柏洛米修士随了岩动而动，一掣一拉的几类于肢解。

他在挣扎着，电光照见他的痛楚受难的脸。

一个震动天地的雷声，恰响在他头上。他的白发被烧焦了一大片，难忍受的怪气息。

大风从天上团团的卷扫下来。尘土被卷捆的飞扬起来，天然的集成一团，又倒倾下来。

海水被激怒得山立着，吼着；扑向峰顶，竟吞没了一切。等到它颓然的倒下来时，柏洛米修士的身形，湿漉漉的，才再被照在电光之下。

挣扎，抵抗，被难！

一阵高吼，海水又淹没了史克萨峰，把柏洛米修士卷没在大海中。

电光不住闪着，雷声不停的霹雳作响。狂风疯了似的在扫，在卷，在推，在摧毁它所遇到的一切。

1933年10月10日

埃娥

一

埃那克河缓缓的流过平原，流过山谷。水声潺潺的悠扬的歌唱着。河边的青草，绒毡似的平铺着。未知名的黄花，白花，红花，蓝花，无秩序的挺生于细草之间，仰面向着太阳和天空，骄傲而快乐，仿佛这大地，这世界便是属于它们似的。古老的橡树经历了不知年代的岁月，和这河水同样的显得苍老，张开杈丫的老干，万事无所用心的在太阳底下曝晒取暖。藤萝爬满了它的身上，居高临下，悠然自得的欣赏这大自然的美景。一株新生的常春藤悬挂着婀娜多姿的柔条，恰好拖在水面之上，临波自照它的绿颜，娇媚若嫁前一夕的少女，春风吹之，柔条乱动的乘机卖弄风姿，水中的长影，也拂移不已。游鱼三五，正集其下，受了这不意的惊扰，纷纷的四窜而去，平静的河面上便连连起了数阵涟漪。

河神埃那克士的独生女儿埃娥常在这河边草地游戏着。她是一位初成熟的女郎，双颊红得像蓓蕾刚放的玫瑰花，脸上永远的挂着微笑。编贝似的一排白齿，那么可爱的时时的微露着，一双积伶积俐的眼珠儿，那样天真烂漫，足以移动了最凶暴的神与人的胸中所蕴的毒念。一对白嫩而微现红色的裸足，常在这草地上飞跑，细草低了头承受着她的践踏，仿佛也感得酣适的蜜意。

她是她父亲埃那克士的安慰，他的骄傲。他也常坐在河边的石块上望着她在天真的奔跑着，凝注着她的漂亮的背影，他自己也为之神移心醉。

“谁是她有福的郎君呢？该好好的替她拣选一个才好。”老埃那克士微笑的满足的自语着。

埃娥常常找了许许多多的小花朵儿，满手把握不了，强迫的戴些在她爸爸的白发上，老埃那克士像小孩儿似的婉婉的随她插弄。

这一片快乐的天地是他们的，纯然的属于他们。

二

但有一天，一个闯入者突来打断了他们这快乐的好梦。

埃娥在草地上飞跑着，嬉笑的弯身在采撷小花朵儿。她爸爸恰好有事，不曾和她同来。

她跑得更远更远的离开了河边。

暮霭绚丽的现在天空，黑夜的阴影不知什么时候已经偷偷的跑到大地上来。晚风吹得埃娥身上有些发凉。

她想，这该是归去的时候了。

刚回过身去，她发现了一个身躯高大的神，如大树干似的，矗立在苍茫的暮色之中，正挡着她的归途。

两只热情的眼，灼灼的凝注在她的身上。

她的双颊立刻集中了红血，觉得有些发热。

她想越过这位不意的来客，假装着从容不迫的向他走了去。心头是打鼓似的在跳着。

转了过去，她发现那两只灼灼的热情的眼，也随了她而转。她有些发慌，心跳得更厉害，仿佛要冲到口腔中来。

离了那个高大的身躯仿佛很远了，她放慢了足步，侦探似的偷偷侧转头去。

啊，这高大的身躯是紧跟在她后边！

她望见那两只灼灼的热情的眼，像天上的“黄昏晓”似的老凝注在她身上。

"完了。"她自己警觉的暗叫道，立刻飞步的向家而逃。然而全身在发抖，双腿软软的，有点不得劲儿。愈奔愈快，呼吸急迫得接不上气来，脸是绯红的。身后也有飞跑着的沉重的足音。她什么都不想，只是没命的奔逃。头有些发胀，要晕倒。

后边是紧跟着的足步声。

实在是透不过气来，膝盖头酸疲得要融化了。被一个小石子绊了一跤，她全身的倒在地上，脸色由红而变白。

黑夜遮盖了一切。

三

老埃那克士那天很晚的方回家来。他想，他的孩子埃娥该早也在家里等候着他了，她该如往常的跳跃着出来欢迎他，抱住他的头颈，吻他的冰冷的面颊。想到这，他不自制的微笑着。她还该像往常的故意放刁，故意撒娇，絮絮切切的责备他为什么那么晚才回家，张大了她的娇媚的小口……害她老等着，她饿得慌了……她饿得几乎要想吃人……她还要编造出一大篇故事来告诉他……她怎样的在草地上遇到了一条毒蛇，她奔逃跌了一跤，"你看，这里是血！"。或者她便诉说，怎样的在采撷草花的时候，有一个怪模怪样的羊足的萨蒂儿在追求着她，怎样紧跟在她后边说些什么什么混帐的话，害得她不得不掩了双耳逃归……一切都只为了他不和她在一处。而他便紧紧的搂抱她在胸前，如她孩子时代似的，拍拍她，哄哄她，说爸爸不再离开她了，都是爸的不好。

一缕甜蜜的家庭的乐感，在他心腔里飘荡着。

老埃那克士故意放轻了足步，当他走近了家的时候，要出其不意的吓那顽皮的埃娥一跳。他一步步走近了，走到门边。埃娥不在那里！

“这孩子，今天怎么不在门边等爸？”预筹的打闹的计划为之粉碎。他有些愠恼，重重的踏着步走进。

埃娥也不在厅堂里。

“埃娥！”老头儿粗声的叫道。没有回应。

急速的走到她的房门口，以为她偶然疲倦了在睡。

从门缝里伸进了白发的头颅，柔声的说道：

“埃娥，起来，爸回来了。还在睡！你这懒孩子！你看，爸为你带了什么好东西来了？……”

他在星空和新月的朦胧的微光之下，看得清楚，床上并没有埃娥，被褥是齐整的堆叠在那里。

“埃娥到哪里去了呢?”

他怔住了。心里开始有些惶惶。

“不要躲起来吓我，天黑了！我的埃娥，好埃娥！”他凄然的叫道，还疑心她故意躲藏了起来。

“埃娥，埃娥，”他大声的叫道。还是没有回应。

“你到哪里去了，埃娥?”什么屋角门边都找到了，没有一个人影儿!

“埃娥，埃娥，埃娥！”他找到门口，“埃娥，埃娥！”他往屋后找。都没有回应。

他心头涌起了亡失的预警。他知道埃娥从不会那么晚回家的。

“埃娥，埃娥，埃娥！”他的叫声凄厉得自己消灭于黑暗中。

他提了一盏手提灯，龙钟的走到河岸的草原上。老橡树像鬼怪似的矗立于大地之上。天空晶蓝得像千迭琉璃的凝合；星光疏朗朗的散缀于上；镰刀似的新月，已走在西方的天空上，很快的便要沉没下去。

老埃那克士无心领略这可爱的夜景。他走一步叫一声。“埃娥，埃娥，埃娥！”大地和夜天把这可怜的呼唤吞没进去，一点回声都没有。

“埃娥，埃娥，埃娥，你在哪里?”老头儿凄惶的叫道。

他叫着，他叫着，连栖在老树上的夜鸦都为之惊醒，拍着双翼，很不高兴似的呱呱的叫着，远远的飞向别的地方去继续它们的好梦。

“埃娥，埃娥，埃娥！”这呼唤空旷而无补的自己消沉下去，像海水之啮咬岩根，嗡嗡作响似的无聊赖。

他叫得喉干，他叫得唇颤，最后，几乎成了干嚎，有声无力的喘息着，瘫坐在草地上。

“她是亡失了！她是亡失了！”老埃那克士想道，叹息着，有一个最坏的结果的预测。

“为毒蛇所咬伤？……然而没有她的呻吟，她的踪影。落到什么悬岩之下，跌死了……也许可能……”

但他不敢想到……被什么淫恶的神或人劫掠而去……天涯水角，他到什么地方去寻找呢？父女还有相见的时候么？

他绝望，他的心有什么在刺痛。他哀哀的哭了，他的滔滔的泪水，混在埃那克河水里，流去，流去，流到不知所在的地域。

他躲在深屋之中，沉默的在愁思；他疯狂似的在草地上漫走着；他若有所失的懒散的坐在河岸的石上，双眼茫然的望着远处，望着那夕阳西沉的无垠的天涯。

四

就在那夕阳西沉的天涯的一角，宙士安放了美丽的埃娥，以备他政躬闲暇的时候的享用：活像一个孔雀，一只梅花鹿，只是被囚着作为观赏之资。

虽然是衣食不缺，住的是高房大厦，使唤的是豪奴俊婢，但埃娥是终日的悲哀着。

她想哭个痛快，但眼泪是常被愤怒之火烧灼得干了；她想投身于什么高崖绝壁之下自杀，然而宙士的奴隶防卫得那么严密……而且她父亲还不知道她的生死……

一想到她父亲，她的心又软了下来。年老的爸，发现了她亡失了时，还不知要怎样的悲哀呢！他该天天在念着她，在默默的愁苦着吧。有什么方法向他通一个信呢？有什么法子告诉他一声：“你爱的女儿并不曾死，她不过被暴主所囚禁着。你设法救出她吧；至少，你该设法来见她。”

他知道了她的确消息的时候，该是怎样的高兴呀！紧蹙不开的双眉也将暂时为之一放吧。她总须设法和他通一个音讯的。

然而有什么方法可通音讯呢？宙士的奴隶们监视得那么严密，连房门，她也难得走出一步。

在想到她要是有机会能够见到她爸爸呀，他们将紧紧的搂抱着，互以乐极而涕的泪脸互相倚偎着；她将对他痛快的倾吐出所受的那一切的冤抑，她在世界上至少是有一个安慰她真心的疼爱她的人，然而这唯一的慰藉，却也是空想！

她幽幽的哭了。

宙士又偷偷的由什么地方溜到她的身边来。

“你又在哭！”

她别转头不理他。

“那么美的天气，我们俩到园囿里去走走吗？老闷在屋里要闷出病来的。”宙士劝诱着她。

实在，她也好久不曾见到天日了，听了这话，只默默的不响；宙士觉察出她的默允，便以一臂夹了她的臂，半扶掖的把她带到了园囿中。

花朵争妍斗艳的向春光献媚；老大的绿树是那么有精神的矗立着，像整排的兵在等候命令；地下是那么柔软的草毡，足履悄然无声。

和大自然虽只隔绝了几天，在埃娥看来，好像是十月数年不曾相见似的。一切都显得亲切而可爱。如久别重逢的亲友。那黄澄澄的太阳光，竟如此的辉丽，在脸上手背上抚摩着，是如此的温柔，仿佛她从不曾有过那么可爱的白昼。

数级的云石的踏步引他们到一泓池水的边涯。这池水是如此的清莹，如此的澄绿，如此的静静的躺着，竟使人不忍用手去触动它，连把身体映照在水面也似是有碍这静默的继续。水底有几株鲜翠欲滴的水草，秀挺而又温柔的各自孤立着。一树紫藤的珠串似的花丛，正倒影在池中。

埃娥默默的坐在这池边，不言不动，她为这静默的幽寂所吸引，暂时忘记了她的烦恼，忘记了她的存在，乃至也忘记了揽抱着她的宙士。

宙士仿佛也为这沉默所感动，双眼凝注在天空，好久不曾说什么，天上是纤云俱空，似是一尘不染的水晶板。

“嘎。”宙士突然的大叫了起来，他连忙推开了埃娥，立起身来，急速的召集一大片的厚而重的乌云，遮蔽了那晴天。他看见远远的东天，有孔雀的斑斓的羽光在一闪一闪的动着。

埃娥的幻默被打断，惊愕的也立了起来。她呆了似的，不知有什么变故要发生。

宙士口中念念有辞，把池水泼了一握在她身上，叫道：

“变，变！”

等不及埃娥的觉省，她已经变成了一只洁白无垢的牝牛站在那草地上，黑漆似的双睛，黑漆似的有亮光的双角，黑漆似的坚硬的四蹄，衬托着一身细腻的白毛，这是神与人所最喜爱的牲畜。

天上的黑云已经披离的四散了；孔雀的尾翎，仪态万方的在空中放射着光彩。池水被映照得有些眩目怵心，和这幽悄的环境，绝不相称。

孔雀的主，神之后希拉，脸若冰霜的和她的不忠实的丈夫，宙士，面对面的站着。她明白她丈夫耍了什么一个把戏。好几天以来，她已觉察到他的神情不属的可疑的样子。一忽儿的工夫，他又不见了，宫中，厅上，都找不到，行踪飘忽得像六月的飓风，说话老是唯唯诺诺的。该办的正事全都放下了。

有什么羁绊着他呢？

爱孚洛特蒂和她的顽皮的孩子丘比得常常窃窃的私

语着，丘比得对着宙士作鬼脸，他怒之以目，微微的对他摇头。雅西娜石像似的站在那里，以冷眼作旁观。

希拉坐在那里，什么事都看在眼里，明白在心里，表面上只装作不知。但她已遣了无数的侦探，在跟随着宙士，早已把宙士这场喜事打探得明明白白。

如今是捉个空儿来点破他。

宙士奸滑的微笑着，并不说什么。老练于作奸犯科的心灵，已不知什么叫羞愧。他在等候希拉的发作。

希拉洞若观火的，立刻奔到白牛的旁边，装作爱悦的抚拍着她，说道：

“好不可爱的白牛！是你所畜的么？”

宙士点点头。

“我要向你要个小惠，把这匹白牛送给了我吧？”

这使宙士很为难的踌躇着；给了她吧，埃娥是从此失去；不给了她，将再有可怕的事在后面。

但巧于自谋的宙士，只一转念，便决定了主意，装作淡然的，微笑说道：

“你既然爱她，便属于你吧。”

那副得失无所容心的潇洒的态度，活画出一位老奸巨滑的久享荣华的“主儿”的神情。

好像博弈负了一场似的，他耸耸肩走了；也许已另在打别一位可怜的女郎的主意。留下埃娥听任他的妻希拉的处置，摆弄，与虐待。

豪富的玩兽者，谁还顾惜到被玩弄的兽类的生与死，苦与乐呢？世间有的是兽类！

五

希拉冷笑的目送宙士走去。她不敢惹宙士的生气，却把久郁的妒忌与愤怒全盘倾倒在可怜的埃娥的身上。

埃娥的身体虽变了牛，但她的心还是人心，她的耳也还是人耳。她呆立着视察这一幕滑稽剧的表演，无限的伤心，不禁的淌下泪来。

希拉见白牛落泪，还以为是惜别，这更炽了她的无明的妒火。

“你这无耻的贱奴，惯勾引人家丈夫的，还哭么？”她用力拳击埃娥一下；打得那么沉重，牛身竟为之倒退几步。

埃娥想告诉她，这完全是她丈夫的过失，她自己并不甘心服从他，她并不爱他，这些事全然与她无干。她是一位可怜的少女，被屈服于他的暴力之下而无可如何的。希拉应该怜恤她，同情她，释放她回去看望她的父亲。她父亲自她亡失后，必定天天在愁苦，白发不知添了多少，泪水不知淌了多少。该看在同是被压迫的女性的分上，从轻的发落她！……

她想说千万句的话，她想倾吐出最沉痛的心腑之所蓄，但是她只是哞哞的鸣叫着，说不出一句话来！

她干着急的后足乱蹦乱跳；她要伸出双手来呼吁，乞求，恳祷，但是她的手已变了前蹄！她想跪下去，抱了希拉的腿，吻着她，要以女性的痛苦，赢得女性的怜恤与同情，但是她如今是变成了牛，什么都不能如意的行动。

希拉还以为她是在拗强，在挣扎，在敌对，愤怒更甚，拳击得更重更快，一直打到白牛跪倒在地上，她自己也手臂酸痛，无力再打，才停止了。

“你这贱婢，苦处还在后呢，现在且让你偷生苟息一下！”希拉脸色苍白的，喘息的说道：

“来！百眼的亚哥斯。”

她的跟从者百眼怪亚哥斯垂手听她的吩咐。

“把这贱婢好好的看守着，永远跟在她的后边，一刻都不许逃出你的视线之外。不许任何人与神接触着她。

你要贿纵，当心我的家法！”

百眼怪诺诺连声。希拉恨恨的走了，还回头指着白牛骂道：

“你这贱婢，且看我的手段，要叫你求生不能，求死不得！”

埃娥不能剖白一句，只是将万斛的悲泪向腹中自吞下去。她不再说什么，残酷的宙士竟将她的口永远封锁着。她只能沉默的哑了似的忍受一切。

“这恶毒之极的淫棍！”她想切齿的骂道，而发出来的声音却变作哞哞的鸣叫。

百眼怪亚哥斯，头脸上生长着一百只眼，每两只眼睛轮流着休闭，那九十八只的灼灼的看守的眼，老是日夜警觉的监视着她。

一步不离的监视，驱赶，这百眼怪的亚哥斯。

埃娥这样过着牛的生活，而她的心却是人的心，她的感觉却是人的感觉。

每逢走到水边，她便想窜入水底，了此沉痛的生命，而百眼怪却永远牵率着她，严厉的监视着，呼叱着，使她死也没有自由。

六

求死不得的埃娥，挨过着畜类的生活，度一日如一年，乃至十年百年。她仅有一条思念，便是她的父亲，仅有的一个愿望，便是飘泊的走到埃那克河畔，见她父亲一面；只要能够见她亲爱的父亲一面呀，便万死，便受比这更楚毒万倍的楚毒，她也甘心！

她是这样挣扎的挨过着畜类的生活，一天又一天的；受了多少的鞭扑，呼叱，楚毒，然而阻止不了她步步向埃那克河而去。便一天只走一步，她也高兴。

不知有多少时候了，埃娥的愿望居然得偿。当她远远的望见一条白练似的埃那克河蜿曲的在山下流动着时，她便渴想要飞奔而去。她快乐得下泪。然而绳儿是被牵在百眼怪亚哥斯的手上。她愈挣扎的要向河而趋，那忠心的神奴亚哥斯却偏将她拉回山谷。她向前一步，倒被拉回三步。

亲爱的父亲，只是可望而不可即；亲爱的童年嬉游之地，孩子时候生长的快乐的家，已可奔就，却只是可望而不可即。她焦灼得如被架在火堆上烧烤。

愈急愈缓，愈挣扎，愈受阻难。

索性镇定了下来，强抑住万斛的悲哀与思慕。

有意无意的向下而趋。亚哥斯永远跟随着她。

不知经过多少时候，埃娥是踏在她所爱的草地上了，切切实实的踏到了她的家乡了。

看啊，河边的大石上，坐着一位老头儿，垂着头，若有深思，一切对于他似都无见。白发，在风中飘荡着。

“不是爸爸吗？”埃娥想大叫起来，然而只是哞哞的几声牛鸣。

她想高声的说道：“爸呀，你的宝贝回来！看呀，她在这边呢！你为什么不抬起头来？为什么不向这边看？”然而发出的只是几声哞哞的牛鸣。

她的心狂跳着，她的泪不自禁的直淌下来，她跳跃，她奔腾，什么都阻止她不住，她要奔过去紧紧的拥抱她的父亲，痛快的大哭一场，尽量的诉说这别后所受的无涯无限的楚毒与屈辱。

然而绳儿是被牵在亚哥斯的手上！

她实在忍受不住了；这当前的相逢，这经了长久的思慕的想念，这渴想已久的亲恋的抚慰，痛苦的倾吐，岂能再让它滑了过去！她不顾一切的，在挣扎，在奔腾，在争持。

绳儿终于被她在百眼怪亚哥斯的手上挣脱。她迅如电似的没命的向她父亲身边奔去，蹄底踢起了一阵泥雾。亚哥斯追在后面，赶她不上。

她喘息的奔到了埃那克士身边，温热的鼻息直喷冲到他的脸上。老头儿诧异的站了起来。这可爱的白牛为什么奔跑到他的身旁呢？这主什么征兆呢？难道是女儿遣送她来的？该有女儿的消息吧？——他一心只牵挂在女儿身上！

埃娥渴想伸出双手来抱住她爸爸的头颈；然而可怜她的双手变成牛了的前蹄，竟不能伸出拥抱他，她高声的悲痛的叫道："爸爸，爸爸……"而这叫声也竟变成了牛鸣。老头儿木然的站在那里，不明白这白牛的意思。

埃娥悲楚的叫道："爸爸，爸爸，你失去的女儿在这里了。她冒了千辛万苦而来到你身旁，你为何不拥抱她呢？"然而只是变成几声哞哞的牛鸣！

百眼怪远远的在追来了，她又焦急的说道："爸爸，爸爸，快些，我对你说，那边有人追来了！我要对你说些要紧的话，爸爸，爸爸！"

然而只是连续的哞哞之声；老头儿还是木然的站在那里，一点表示都没有——他自从失去了爱女，老是这样木木讷讷的，对于一切都不发生兴趣。

急得埃娥双泪直流，双蹄在泥地上践跳不已。

老埃那克士注意到牛的眼泪，他开始觉得有点怪。

然而埃娥老说不出话来，只是连续的哞哞的叫着。

她诅咒那残酷已极的宙士！切齿的咒着，恨着。

亚哥斯快到眼前了，他们还不能通达一点的意见。

突然，埃娥想到了一点很好的主意：她用前蹄在泥土上划出字来。

“我是埃娥，爸爸，我是埃娥！”

老埃那克士见了这牛所划的字迹，大叫着的把白牛紧紧的抱着，比遭到死丧更沉痛的“儿呀，儿呀”的哭唤着。他的脸和白牛的脸紧紧的贴着，热泪交杂的流下，辨不清谁的；他的胸膛和白牛的侧胸紧紧的依偎着，两人心脏都在狂跳。他的双手紧紧的用全力的抱住了埃娥的头颈。然而埃娥却没有法子可以对她爸爸表示什么，她只是紧紧的用细毛丛丛的身体挨擦着爸爸的身体。

辨不出是喜，是悲，是苦，是乐！一霎时的热情的倾吐，千万种愁绪的奔泄！

而百眼怪亚哥斯来了，他便要把白牛牵走。老埃那克士将身体拦护着她。白牛也辗转的躲避着，不受他的羁拉。

老埃那克士一边没口的向百眼怪亚哥斯恳求着，什么悲恻的恳求的话，什么卑躬屈节的祈祷的要求，都不拣不择的倾泄出来。

“求你，求你……天神……上帝……她是我的女儿……让我们说几句话……上帝……我的天……我所崇拜的……我求求你……求你……求你……”

他一手拦阻亚哥斯，一手作势向天祷求，而双膝是不自禁的跪倒在地上。白牛在闪避，躲藏，却老依偎在她父亲的身旁。

神之奴都是铁打石刻的心肝。亚哥斯见了这位白发萧萧的老人这样沉痛的呼吁，他却是不动心，虽然任谁见了都要为之感动得哭了。

他手打足踢的要把老头儿推开，他要乘机的拉起白牛的绳儿来，牵着便走。

然而老头儿抵死的在阻挡着，白牛是那么巧滑的在闪避。

引得亚哥斯心头火起。捉一个空，他把牵牛的绳获到手里，便尽力的拖了走。

埃娥忍着万不能忍受的痛苦，死赖着不肯走，只要多停留一刻，她也心满意足。挨一刻是一刻！

老埃那克士是死命的抱着牛颈，死也不放，白牛被牵前一步，他也随一步。他哭喊不出声音来，眼泪也被热情与愤急烧干得流不出来。那一对可怕的预备拼了命来护救他所最爱的女儿的眼，活像疯人的似的。不知道哪里来的力气，衰老的老头儿竟成了一位勇猛无比的壮士。

但亚哥斯用打牛的鞭去鞭他，用足去踢他，浑身受了不轻的伤，但他还是跟着，抱了白牛的头颈不放手。

埃娥是如被白热以上的地狱的火所烧灼，她愤怒得双眼全红了，她的后蹄没命的向亚哥斯腿上踢。

这最沉痛的活剧不知继续到多少时候，但老埃那克士终于放了手。他颓然的跌倒在地，不知生与死，白牛是被鞭被牵的远远的离去。

七

白牛发了狂。她疯狂的脱出了百眼怪亚哥斯的羁勒。她是那样的可怕，实在连凶暴若魔王自己的亚哥斯也不敢走近她身边。她奔腾，她跳跃，她越山过岭，她窜林渡河，远远的，远远的，向着无人迹的荒原奔去。

亚哥斯追不上她。

她不知奔跑了多少里路，不知越过多少的城邑与山林，不知经历了多少的风霜与雨露，落日与残星。她一息不停的跑着，如具有万钧之力。

不知什么时候，她停止了；而停止时，她的疯狂便清醒了些。她开始在青草地上吃草，在河里喝水。她模模糊糊的想到她过去的一切。

而回想便是创痛。她的清泪，绵绵不断的滴在河里。她没有什么前途，她没有什么光明的结局的空想，她只有一个愿望，她只有一个咒诅，她只有一条心肠：

她要报复！

这使她不愿意死：死要死个值得；对敌人报复了才死，就是一个残酷的死，她也含笑忍受。

她要报复！为她自己，也为了一切受难的女性！

她不知将怎样的报复，然而她有一个信念：她知道，总会有这么一天，“天国”是粉碎了，粉碎在她和她的子孙之手。

这信念，坚固了她的意志，维持着她的生命，使她受一切苦而不想以“死”来躲避。

但有一天，新的磨难又来临。不知怎样，神后希拉又发见了她在草地上漫游，而百眼怪亚哥斯已不在她身边监临着，便大怒，切齿的恨道：

“这贱婢，且看她还会逃出我的掌握不？”

她遣送了恶毒的牛蝇到埃娥的身上，使她受更深刻更苦楚的新的刑罚。

埃娥正在细嚼着青青的嫩草；无垠的苍穹覆罩在她的头上，微风吹得身上凉爽而舒适。没有一个别的生物，连甲虫和蝴蝶都没有在这里飞翔徘徊，她暂时息下冤苦的重担。

但突然，身上狠狠的被什么虫叮咬了一下；她把尾拂打着，拂打着，但驱不去这小虫。麻痒，痛楚，她受不了。不像是蚊子，也不像是草丛里的虫类。不知什么地方飞来。她跳跃，但也震不落这怪虫，又被狠狠的叮咬几口。痒痛之极！她奔跑，震荡，腾跳，设法要把这怪虫抛下身去，落在后面。但这怪虫仿佛生根在她身上似的，老叮着她，成了她的毛孔的一部，血肉的合体。却又那样的作怪，一刻不停的咬着，啮着，叮着。刚在颈部，又在肩上。她回过头颈，要拿齿与舌去咬它，卷它，吞它，赶它，它却又跑到背脊上去了。尾毛狠狠的向脊上拂打着，枉自打痛了她自己，这怪虫又滑到腿上了。机伶鬼似的，黑影子似的老是跟随着她。老是叮咬着她，昼夜不停，风雨不去，简直是成了她自己的最扰苦的灵魂的自身。咬着，叮着，啮着，这怪虫！

她腾跳，她奔逃，她颤动，她卧倒，她将背在地上擦磨，总是赶它不去，抛它不下。

那一阵子的麻痛，酸痒，使她一刻不能安息，一刻没有舒气休憩的空儿；反视亚哥斯监视着的时候为最快乐的过去的一梦。她不能睡，刚合眼，又被叮醒了，又痛，又麻，又痒。她站立着，那样的不安宁，尾拂不停的在驱打，没有用。自己抛掷在地上，滚着，擦着，卧着，转侧着，没有用。永远是这又痒，又麻，又痛！

激怒得她又发了狂，她喘息着，没命的奔跑，奔山过涧，越岭翻谷。远远的，远远的，不知向什么地方奔跑而去。没有目的，没有思想，只是发狂的奔跑着，如具有千钧之力，而身上永远的是被叮，被咬，又麻，又痛，又痒，驱逐不去，抛落不下，那可怪的怪虫儿！

不知什么时候，她奔到了高加索山，史克萨峰之下，她望见了大海，如得了最后的救主似的，她想自投到峰下的海里死去，她痛苦得什么都忘记了，连报复之念也消灭得不见。

但被囚的柏洛米修士见到了这，雷似的喊叫道：

“埃娥，埃娥，停着，听我的话！”

好久没有听到有什么人呼唤她的名字了，这呼声使她感得亲切，她停在岩边。是一位白发的老人被钉锁在这绝壁悬岩之上。但她不能回答他，只是哞哞的叫着，其意是要问他是谁，何以知道她。

柏洛米修士明白她的意思，继续的说道：“我是预言者柏洛米修士，被残酷的宙士所毒害的一个，正如你一样。你所受的苦难，我都知道。但你不要灰心，神之族是终于要没落的，代之而兴的是伟大和平的人类。你的仇，将得报复，不仅是你，凡一切受难受害者们的仇，皆将得报复。天堂将粉碎的倾覆了，宙士和其族将永远的被扫出世界以外。正义和运命是这样的指导着我们。你不要灰心。被压迫者们将会大联合起来的！前途是远大，光明，快乐。也许我们见不到，但我们相信，这日子是不在远！你到埃及去，在那里，你的咒诅将终了，你将回复人身，为人之妻，生子。而你的子孙也便是参与倒神运动的主力的一部。”

埃娥不能回答他，但眼中显出希望的光。她又恢复了她的勇气与信念。

她到了埃及，定居在那里。当宙士的咒语效力消灭了的时候，果然成了人之妻与母。

1933年12月4日

（有删减）

神的灭亡

一

先知者柏洛米修士的预言实现了，神与人类如今是面对面的在狭路相逢着。

骄奢的神道们，依然是榨取，压迫，掠夺，追捉凡人间的美好的一切，作为他们的挥霍无度的享乐之资，永不曾想到过他们所践踏的乃是一座火山，一片埋伏了地雷的阵地，而不久便终将喷发轰炸的。

他们把柏洛米修士的可怕的预言，早已忘个干净；那话是好久之前说的。初时，他们还怀有戒心，但日子一多，故态便复萌。人类也仍然是浑浑噩噩的，听任神们的摆布。他们仍然把第一场的收获，第一滴酿成的葡萄酒，第一匹初生的肥胖羔羊，第一只最白肥俊美的壮牛献给了神道们，台尔菲，巴那士山，亚灵辟山，以及美貌女神爱孚洛特蒂所住的海岛金杜斯都依然的拥挤着祈求祷告的善男信女们。而神道们之所以报答这一班信徒们的，只是恣意所欲的榨取，掠夺，追捉，压迫。男的神道们，从宙士以下，无不发狂的追逐于人间的最美貌的姑娘们之后，以必得为止，而不久便抛弃了她们，或听任她们很残酷的被牺牲了。唉，宙士之于埃娥，爱坡罗之于柯绿妮丝等等——真数说不尽他们的可怕的血染的恋史。女神们，从爱神爱孚洛特蒂以下，也无不看准了人间的最年轻壮健的小伙子们而施以笼罩，诱惑。狄爱娜所恋的安特美恩，他还不是永睡在深山里么？爱孚洛特蒂的残虐的恋爱，更多到不可胜计；最可怜的是，那位老而不死的过时的情人竟惹她讨厌，而被变成了螳螂，到今还永不得翻身。

神道们只是吃得胖胖的，养得漂亮而光润，终日在消耗那永远消耗不尽的人类所奉献的最肥美的礼物。他们的过剩的余暇，便在计划，布置，实现，怎样去虐待，戏弄那可怜的人类，以供他们一瞬间的笑乐之资——他们惯在人类的哭泣与悲伤里，取得欢笑之资。

喜怒无常的神道们，不知做出了颠颠倒倒的多少的恐怖的事业；而他们每一次的过失与戏弄，可怜的人类却反报酬之以最美好的人间之物，哀恳他们的息怒停嗔。

一天天的这样的滑过去，那神与人之间的不平等的失态的关系，依然继续着下去。

宙士老了，颔下的髭须，更多，更浓，更粗，而他的色心却更猛，更无忌惮。索性连他的后希拉也不瞒了，终日的在人间的少女们，在林中，水中的仙女们的堆里乱闯着。

爱坡罗背着他的银弓，无恶不作的在处处试碰他的恋爱的运气。

那机警的神的使者合尔米士，水蛇般的，滑来滑去，他也有供他的消遣的一份牺牲品。

雅西娜最严肃，拘谨；但心理却有些变态，处处的寻人吵闹。一个不对劲儿，便使出她的最恶辣的手段来。不幸的女郎阿拉庆，只为说错了一句话儿，竟无辜的被她咒变了蜘蛛，到今还在编织着那“可怜无补费精神”的蛛网。

铁匠海泛斯托士和酒神狄奥尼修士最忠厚。海泛斯托士生来心肠柔软，却受尽了神们的侮辱与欺骗，他只有躺在工房里哭的份子。他的妻爱孚洛特蒂天天涂脂抹粉，打扮得千娇百媚，和别的神在任情打俏，他也不敢过问半声儿。狄奥尼修士是孤苦无依，他看不惯那许多不平的无赖事，只是端起大杯的葡萄酒直往喉管里倒，不醉不止。天上的诸神们简直忘记了他们之中有海泛斯托士和狄奥尼修士的二位。海泛斯托士终日躲在工房里，而狄奥尼修士却终日在外边漫游着。

心灵脆弱的海泛斯托士，永远忘不了柏洛米修士的预言；但他将如何补救呢？即在睡梦里他也还警觉着那最后的大难的来临。他曾悄悄的对狄奥尼修士说。狄奥尼修士，那位聪明的弱者，也只是叹了一口气，更发狂的把葡萄酒倾倒到胃和肠里去，一点办法都没有。

然而先知者柏洛米修士的预言终于实现了：神与人类如今是面对面的在狭路相逢着。

二

人类在被榨取，掠夺，被恣意残虐的高压之下，滋生得更多，更繁。年轻的小伙子们长得更壮健有力。柏洛米修士所给予他们的火，更帮助他们以千万种的方法，向光明走去。他们变得更聪明，更有理性，更会思索。而同时感情也更热烈，自尊心也渐渐的像在春天的绿草似的钻出萌芽来。

他们学会了造屋，但还是恭顺的将第一所造成的屋，奉献了神道们，作为他们的家，而更充实以凡人间最珍贵的宝物，最肥美的牺牲，炫饰以凡人间最有艺能的雕刻家所造的最精致的精品。他们便在那新居里膜拜，祈祷，恳求，哀诉。

神道们欣欣的笑了，柏洛米修士偷窃的结果还是有利于神道们的；而人间的火的作用却仍是以供养神道们为最高的目的。柏洛米修士的预言，这次是撒了一个谎，第一次落了空。

但在一天，可怕的结局终于来到了。

有些人间的聪明而有思想的小伙子们，对于坐食安享的神们正开始有些反感。其中有一个小伙子的恋人，一位美貌的少女，被爱坡罗所见而掠夺了去。那少女的被劫去时的哀号与挣扎，竟粉碎了这小伙子的心。他立志要对爱坡罗，那个无赖的神，复仇——从不曾有过的反抗的心理，如今是滋长在这勇敢聪明的小伙子的心胸间。

他哭诉，他哀号，他控告，他抗议，这场无赖而残酷的掠劫婚——不对神，却对他的同伴们。他知道对神道们哀诉与祈祷，是绝对不生效力的；还是向同伴们祈求，要求以实力夺回他所爱的人儿吧！这是唯一的可走的路。

好事而勇敢的小伙子们，为他的祈求与控诉所感动，他们也对于长久的传统的信仰，起了深切的怀疑与反抗。

“我们所崇拜的神道们，竟会夺取我们所爱之物么？”他们开始怀疑道。

“怎么不，他们所最要掠劫的却正是我们人间所最爱的东西。他们以我们为牺牲，为刍狗，而我们却膜拜，祈祷，哀诉于其前。这是合理的事么？”另一部分小伙子道。

“我们以第一场的收获，第一滴酿成的葡萄酒，第一匹初生的肥胖的羔羊，第一只最白肥俊美的壮牛所供养的神道们，乃竟是专养来掠劫我们自己所最爱的人和物的么？”那位被掠夺了恋人的小伙子高叫道。

“我们不愿意把人们的血汗和脂膏来供养掠夺我们，施残害于我们的神道们！”反抗的声音渐渐的高响起来。

人世间的年轻小伙子们，有思想，有膂力的，开始的蠢蠢欲动起来。

老年人们还隐忍持重，传统的信仰与恐怖，紧紧的抓住了他们的心灵。他们存着苟且偷安的心，反对，约束，并且阻止年轻小伙子们的轻举妄动。

“神道们的威力无所不及，无所不周至。我们渺小的人类怎么能和神道们争斗呢？快不要打这种无聊的可怕的算盘了，将以少数人的狂妄而贻全人类以大患呢！”老年人们说道。

“不曾忘记了古昔的可怖的经验了么？宙士的一怒，不曾在大地上起了一次洪水，把人类都淹没了，只剩下豆克龙的夫妇么？——而那个目无神道的妇人妮奥卜，不曾眼见着她的七对活泼壮健的子女为爱坡罗的神箭逐个的射死了么？”一个老人恐怖的说道。

“人间私语，天闻若雷，快些闭了嘴。宙士也许听见了呢！罪过，罪过，快些到神庙去祷告，忏悔！”别一个老人祈祷的道。

而老人们在商议怎样的能够向神道们恳求哀祷，消弭神怒的办法。

年轻的小伙子们耸耸肩，轻蔑的走开了，他们自去预备怎样去反抗那无恶不作的神道们的运动。

三

年轻小伙子们悄悄举行了一次会议。

“得小心！我们这人间，有的是神的侦探与走狗。老人们为了苟全一时，也许会出卖我们，而神庙的祭师们，为了自私，准会出死力来阻挠，来破坏我们的。”

“怕什么！我们年轻人是一团！”一个说。

“年轻人永远是前进的，团结的，不怕什么的！”有人这样叫道。

“不错，不错，我们是永远团结的！”错杂的赞同的呼叫。

“一人为全体，全体为一人！”他们宣誓的举起右手来，那雄壮的响声盖过了一切。

无穷无尽的年轻小伙们，站在那里，头颅在波动，重重叠叠的，像一个无涯的人海。

在一个屋角，隐伏在暗处，有一个中年的瘦削的男子，像蝙蝠似的，躲在那里窃听。

那雄壮的齐一的宣誓的响声，惊得那中年的男子头盖里都在嗡嗡作响。他从不曾见到人世间有那么声气浩大，意志坚决的表现过。他开始惊觉：这反抗是不平常。但为了他自己和他的神，他却私衷的在盼望这年轻小伙子们的反抗运动的失败。他在心底发出微声的祈求道：“我的神呀，请显出无上的威力来，压伏那些年轻的小伙子们！”

他忘记了那些年轻的小伙子们仍是他的同类，同是血与肉所铸成的人类。神庙里的烟火和祭神的牺牲的余沥，熏醉得这瘦削的中年人，丧失了人的心。为了那戈戈的余沥，他甘心为神道们的走狗和爪牙。

“去！我们先去烧掉那淫神爱坡罗的鬼庙！”比雷还响亮的叫声，惊断了那个瘦削的中年人的幻想。

圆滚滚的有力的拳头，随着口号的叫响，如雨后拔地而起的春笋似的无千无万向天空伸出。

人群在骚动。嘈杂的语声，不大听得清楚。

“走呀，带了火把去！”群众喊着。

不知道由什么人率领着，那无穷尽的年轻的小伙子们，如海浪汹涌似的，都向爱坡罗庙冲去。

那个躲在暗地的瘦削的中年人，摇着头——“可怕的叛逆，没得好死！他们还没有尝过神道们的苦头呢！”

幸灾乐祸的念头，如电光似的，掣过他的胸中。但突然他在顿足："该死！该死！明和晶不也混在他们小伙子们中同去么？"

不知是在怎样的杂乱无措的心理之下，他跪倒在地上，仰面向天祷告着：

"那一群年轻的小伙子们，犯了这场不可赦的大罪，神道们该把他们歼灭，奴仆们不敢请求宽恕。但，但，请神道们看在奴仆们这几十年来的辛勤服役的份上，至少不要用雷火或疫矢把他们一网打尽，至少得留下你们的忠心的奴仆的儿子们，至少得留下你们忠心的奴仆所爱的明和晶！奴仆在这里祷求，哀恳！如果留下了他们，奴仆将奉献明春最好的第一滴的酿成的葡萄酒与最肥美的初生的羔羊！还有，从此以后，决不再私自扣留下什么奉献物，也决不再把远地老人们新献来的神袍，神冠，私自押当了，变卖了零用！"他第一次羞惭的，真诚的出于心底的祷求。

他哭泣了起来，心里扰扰的，不知怎么办才好。为自己的地位与前途，和为他的所爱的孩子明和晶的命运，究竟该怎么办的念头，交杂在他的心上，纠纷，绕缠，解决不开，如老树枝上的藤干似的。这两者是矛盾的，冲突的，不能并容的。

在神道们的金石俱焚的雷矢和疫矢之下，他的明和晶能独存么？神道们能因了他的祷求而独赦免了明和晶么？而且，想起来还要心底惭愧和不安：像他这样的老是窃盗些神道们的奉献物以自肥的祭师，神道们果能真实的听从他的祷语而独佑护他的明和晶么？他们是犯了那么重大的叛逆罪的。这他一想起来便哆嗦，实在没有把握，但假如，万一，也许……那年轻的小伙子们便真的成了功呢……决不会有的事……他连忙想从心底摒弃了这不良的犯罪的念头……不，也许，万一成了功呢——他老是斥不开这可怕的念头——那么，他的前途将是怎样的呢？他的运命是明显的摆放在那里：失业，被唾弃，甚至被虐待以死！不……不……还是真心一意的盼望着神道们把那一批年轻的小伙子们歼灭了吧！

想起来，真该埋怨杀那两个不听话的小伙子——明和晶，他是怎样的训教，指示他们的，然而一切恳切的忠告都落了空！他老早的告诉过他们，祭师这行业是如何的重要和光荣，说享用，更是无穷。那长年四季的从不同地方的老年们妇女们奉献来的祭神的礼物是享用之不尽的……这行业，他对明说过，他是长子，将归了他继承下去。然而晶呢，那前山的狄奥尼修士庙里的祭师，老而无子，他已经打好了根基，要使晶接上他的手。……然而这不听话的两个竟参加了这场可怕的叛逆无道的举动……该死的孩子们……辜负了父亲的一片苦心！假如有什么不测呢？……他真不敢想……他真怨恨那两个大胆的孩子！……死不足惜……自己闯下的祸……然而，为父亲的爱……从小看他们长大了的……多么乖巧可爱……多么讨人欢喜……更可爱的是晶，那脸上一个小小的酒涡，笑起来便圆圆的凹了下去，自己是惯搂住他们在怀里，吻着，疼爱着的……自己是一刻也离不开他们，说实话，……母亲是早已逝去了……能够安慰他晚景的，只是这两个孩子……然而多么可怕……竟犯下了这场大罪！……

想到这里，他幽幽的啜泣了；为了父子的天性的爱，他竟敢想到宁可牺牲了自己的一切，而愿意神道们失败了，而他们那些小伙子们成了功！

然而，这是可能的事么？——他不敢想，心里扰苦的像服了毒似的，牵肠挂肚的，好不难过。好久不曾有过的清泪，不自禁的一滴滴如雨珠似的落下。

不，不——突然的他想道，还是让他们死去吧！……最可恨的是那些引诱孩子们为叛逆的小伙子们……他们是情真罪确的万恶不赦的罪犯——孩子们的罪过，全都是出于他们的囮诱！……一腔的怨毒又找到了一个泄出的漏口。他只是咬牙切齿的恨……那一批年轻的小伙子们。……愿神道们整批的把他们歼灭了……不，不，他的心又在作痛……至少得给他留下明和晶……然而这是可能的么？……

他咬着牙关，双眼睁得像毒蛇似的，从地上挣扎了起来，不顾一切的，立定了主意，和那一批害人的，害他的，年轻的叛逆的小伙子们作定了对头。

他有些晕乱，勉强挣扎的出了这屋角，颠蹀的走着，向爱坡罗庙，他的住所，而去；要看那不敢看的暴乱的结果。

四

无穷尽的年轻的小伙子们的队伍，向山前爱坡罗庙冲去。爱坡罗庙祭师的二子明和晶，及那位爱人被掠夺的少年，亚克修士，在前率领着，手里擎着明亮亮的火把，火把上的黑烟如幕了丧纱的妇女似的，在红尖尖的火焰里乱窜着。

庙站在巴那士山的坡前。四周是若干白色大理石的圆柱，支持着四块三角形的屋额。额上的浮雕，精美无比，是人间巧匠在大理石上所能雕斫的最美丽的形体。正面的一额雕的是爱坡罗，这位年轻的神，正驱着太阳车，从大海中升起，向西天驰骤而去。那汹涌的海波，就像在起伏的动荡着，海风吹拂得太阳车前面的马的鬃毛和爱坡罗的头发，向后飘拂着。在最前面飞行着的是美貌的女神奥洛拉，她张开红霞色的双手，在指示太阳车的前来。马匹是雄健若猛狮似的向前直冲，爱坡罗是充满了生气，青春与自足的容仪，华贵，闲暇的把捉住那难御的马缰绳。那种活泼阔大的气概，邈小的人类见了，真要向之膜拜顶礼不暇。其他的三面，雕镂的都是爱坡罗在巴那士山巅上和那九位缪斯在奏乐，跳舞，歌唱的情形。那九位美貌的缪斯们的歌舞是那么优秀而逼真地被雕刻出来，仿佛是有血有肉，呼之若语似的。

石柱的里面，是一周的走廊；廊上也有许多美丽的浮雕。正门是黄光闪闪的亮铜的双扉，那上面也由巧匠们铸造出绝为精美的景色；一扉上铸的是爱坡罗执着银弓，在山前追逐于野兽们之后。负伤的鹿，那滴滴的鲜血，仿佛便要落在地上似的；奔逃着的山兔和野猪，在狼狈战栗的东西盲撞，仿佛便要冲出躲出这铜门之外似的。山地上的绿草和不知名的花朵是欣欣向荣的盛长着；天上是无垠的晴空，间有几朵的白云，懒散的躺着。别一扉上，铸的是爱坡罗和他的双生的姊妹，亚特美丝，站在乌黑的云头上，弯弓向妮奥卜的可怜而无辜的漂亮的儿女们射去。已死的垂头僵直的躺在地上；未死的，痛楚的在挣扎；将死的在尽着他或她的最后的努力，和死神在牵牵拉拉的想躲了去。一个最少的幼女，却藏到她母亲，那多言的妮奥卜的怀里来。妮奥卜张开双手保护着她，那幼女的脸上是表现着怎样的惊惶失措的神气呀，见了那副可怜的战栗，没有不为之油然生怜恤心的；然而那个女神亚特美丝，凶光满脸的，却正把一支银箭搭放在弓弦上，向她瞄准着，想来也不会有幸！那母亲，最可怜的是，顾了一个，顾不了那个的在奔救。心底的痛楚与肉体的疲倦，使她几乎软瘫了下来。她的一只腿半跪于地上，她的脸仰向天上，那两只被悲怨愤急烧灼得无泪可滴的眼睛，正对着那两位残杀者爱坡罗和亚特美丝睁视。但她并不屈服，她仍傲慢而自信，这在她坚定的眼光里可见到——她决不露出乞怜相来。这是人和神道争闹的最可怖的一幕活剧，祭师们特地摆布出来，作为警告后人的——然而人类在那里已显示出他们的怎样的勇气与不屈来。

进了这亮铜的门便是大殿。殿上是光洁无比，地上满铺大理石的地板，行道的所在，还铺上了最细腻，最贵重的绒毡，一尊大理石雕的爱坡罗的大立像，站立在正中。前面是一个祭坛，上面放满了奉献于这位大神的祭品与礼物。红色的丝绒的幕，间断了这大殿。然高大，空阔，冷寂的气象，仍要压倒了一般来此求福避祸的信徒们。有一股神秘的气象，渗透于每个人的心胸上。

庙的左翼，有好几间边房，那是那位瘦削的中年的祭师的巢穴；在这穴里，收藏着不少的被吞没了的献神的珍物。

庙前是一片广场，可容好几万人，由这广场到庙门，得经过二百级以上的阶级，那也都是大理石所造的。庙的右翼，有一方大水塘，四周有无数的常青的大树，树上挂满了披离的藤葛，水边是平坦的柔软的草地，上面盛开着无数的小花。那西边的一方，很少人去的，繁殖着一丛丛的小水仙花，正临流自怜的映照其绝世的芳姿。

庙后，便是山。岩石嶙峋的突出，像要奔出来啮人。

而突出的岩上长着无数的常春藤，拖着它们的柔软的长长的枝叶，拂悬于庙的屋顶上，使这纯白色的大庙，表现着苍老的古拙的气味，增益着传统的信仰的习惯。

这庙，如今是招致了空前的巨数的来客，可是这无穷尽的来客们并非进香求卦的信徒，而是年轻的叛逆的小伙子们。神秘的畏敬之感，在他们的心胸里，已经扫荡得干干净净。

庙前的广场上，容纳不下那么无穷尽的叛逆的广漠的队伍。最前列的已经挤到庙前，登上了大理石阶，走入了亮铜门里，而后列的还在路上走着，并未望见庙的影形。

大殿里黝黑异常。明走得太急，几乎被光滑的大理石的地板，滑了一跤，连忙站定了。他手里执着一个大火把在熊熊的发光，照见爱坡罗的大像，傲慢的站在那里。红色的丝绒的帐幕，把这大殿间隔成几区。

“我们就动手了！”他大叫道。

悲愤的亚克修士也跟了上来；他见了那充满了自足，傲慢的石像的姿态便气往上冲，随手用手执的火把，把红色的丝绒幕燃着了。大家都学样。一片的火与烟。

年轻的小伙子们一见了火光，齐声的大喊，兴奋得欲狂："打呀，烧呀，踏平了这淫神的巢穴！"

亚克修士第一个动手要去推倒那大神像，然而推不动分毫。潮涌似的群众，挤向前去。人的海，但仍没法挤倒了那神像，它还是傲慢的屹立在那里。

"拿绳子来拖倒了它！"明有主张的喊道。

立刻取到了最坚牢的绳子，亚克修士攀上了神座，把这绳子捆住了神像的颈部。拉着那一端的绳头，如拔河戏似的，大众使劲的拉，拉，拉……叭哒的一声响亮，连大地似都被惊撼得跳了起来。大理石的地板，被打得粉碎，那尊大神像，也断成七八段，美貌的头部，跌得成了碎屑；大理石的碎屑纷飞在空中，站在附近的青年的小伙子们有好几个的脸上，都被溅打得流着血……殿上是一片红光……黑烟突突的升起……

就在这时，就在神像倒下了的时候，一个奇迹出现了：爱坡罗他自己代替了他的立像站立在神坛之上。大众不相信自己的眼，然而的的确确是爱坡罗，一个活动的，代替了大理石所雕成的，不知从什么地方，在什么时候，飞奔了来；只是这活的神道，脸上显得憔悴了些，没有神像那么年轻美貌，大约是酒色掏虚了他，衰老了他。

“什么大胆的叛徒，敢在我的神庙里捣乱！我的祭师呢，哪里去了？难道不会阻止他们么？竟要我自己奔了来！他受了我多年的佑护，竟躲开了不见面？我且先结果了这小子！……但你们这些无知大胆的小伙子们……且看看我的手段。”他银铃似的声音，但有些沙哑，已不如当年的清朗了，有威力的说道。同时，执起了他的银弓，从银色的箭囊里，拔出了一支银箭。

大众是被这突现的奇迹，惊得傻呆了，然而很快的便恢复了勇气。

“好！这淫神竟自己站立在我们之前！还不向前打倒了他，杀了他，杀了他，扑灭了他！”亚克修士大声的，用尽肺部的力量喊道，挥舞着双手，像司令官似的，第一个奔向前去，往爱坡罗面前直冲，要像推倒了他的立像似的，推倒了他。

如电光的一闪，爱坡罗的银色的疫箭，已经穿贯了亚克修士的心。他大叫了一声，向后倒去。血咕咕的从伤口流出，脸和身体都变成了铁青色。

很快的，爱坡罗又拈起了第二支，第三支……的疫箭，随意的射着，年轻的小伙子们，陆续的倒了下去。

群众被惊住了；最前的一列，要向后退回去，但后面是拥拥挤挤的人体，急切的退不了，还是向前冲；但气势已缓和了些。

死尸堆成了山。受伤者在痛苦的呻吟着。有的已被火所烧灼，烧焦了的人发和肉体的臭味怪难闻的。

爱坡罗傲慢而无恙的屹立在神坛上，脸部表现着自信与轻蔑的冷笑。双手还是忙碌的拈箭，搭上弓弦便放射。在红色的火光里，他是那样的雄伟的屹立着。

“往前冲呀，不要怕他的箭！扑倒这无道的妖神！扑倒他！杀死他！”祭师之子明，站在那里喊。

他率领了一部分年轻的人第二次冲向上去。快到了爱坡罗的身边，却被他的疫箭所射中，痛苦的仆倒在地上，嘴里还在模糊的喊着：“打倒……他！冲向……前！”

群众又略退了退。但祭师的第二子晶，悲愤欲绝的不顾性命的很快的便冲了上去。爱坡罗眼尖，连忙弯弓向他射去，却中了旁边的一个人。他到了爱坡罗的身边，用火把直戳到爱坡罗的脸部。

爱坡罗退了一步，但脸的一边已为火把所灼伤。他大吼了一声——大殿的屋顶都为之震动，来不及拈箭，连忙用弓弦隔过了熊熊的火把。第二支火把又扑向他来。黑烟熏得他急切的张不开眼，他的半裸着的身上也被灼伤好几处。他像被猎中矛的公狮般的，连连的大吼着。他的弓弦，虽打倒了好几个年轻的人们，他们却总是不肯退去，且愈杀愈多。

爱坡罗不得不第一次倒了威风的退下去。一声响亮，他已经不见了，剩下一座空空的神坛！

但晶，那祭师之子，脸上虽被弓弦割伤了一大块，还是勇敢的冲到殿后，叫道："追呀，打倒他，扑灭他！"

大众追到了殿后。一片的嶙峋的可怕的岩山，无径可上。爱坡罗站在那岩顶上狞笑着——那可怕的恶毒的笑！

他再向银色的箭袋取箭，但他的箭袋已经空了；一看那永永不离身的银弓，弓弦也不知在什么时候已被烧断了。

他觉得有些丧气，心里警觉着比这更重大的危险。连忙离开了这重要的巢穴巴那士山，如一道火光，经过长空，向亚灵辟山飞去，求计于宙士和雅西娜。

这里，见爱坡罗狼狈的逃去，便扰扰的大喊起来，歌唱着胜利之曲；永未之前闻的人类战胜了神的胜利之曲。

年轻的小伙子们发狂的在跳跃，歌唱，那雄壮而齐一的歌声直可达到了亚灵辟山之顶巅，而使诸神们感得不安，而使宙士觉得有些心惊肉跳。

未死的受伤者们，陆续的被扶出神庙，明也在内，送到了山脚下那所极大的医院里去。被视为不可救的疫箭的伤，这时，因了人类的文化的发展，已有灵药可以治愈。人类竟不怕那神和人所久畏的疫箭和银弓！

庙里的火焰，熊熊的继续的烧着。亮铜的双扉，被烧灼得红了，失了形，大理石的大柱和殿额都倒塌了下去。祭师的巢穴，也被波及，烧得只剩下枯柱，矗立在那里。一切珍物宝藏，都被这场大火一股脑儿收拾了去。

右边的美丽的森林和池塘，被过炽的红焰，灼得变成了焦黄色，失去了青翠可爱的鲜艳。

等到那位瘦削的中年人，爱坡罗庙的祭师，赶到了时，他只发见一片的折柱颓垣；在那白色的大理石堆里，还余烬未熄，冒吐着袅袅的轻烟，和难闻的枯焦的味儿。

五

那瘦削的中年的祭师，急得只顿足：一生的勤劳竟被毁于一旦！而他的两个爱子——明和晶，也急切的找不到他们的踪迹——也许已被爱坡罗的愤怒的疫箭收拾而死，但他还不曾想到这！只是吝惜着那一切的丧亡；他发狂似的在大理石堆里寻找着：见到了一块破蓝布，他也在石缝里拖了出来，看了看，又扔开了，仿佛仍有宝藏被压在石堆之下。但那么沉重的大理石块，远非他的枯瘦的身材所能转动，他搬了搬，见得丝毫不动弹，叹了一口气，也便放下。

在大理石堆里徘徊无计，成了无家可归的狗。天色暗了下来，他颓唐的坐在一堆断柱上。西方的天空，昏黄得可怕，仿佛便是地球的末日的到来。

沉默了许久，他扑的跪倒在乱石堆里，向天哀祷："请宽恕你的奴仆呀，大神爱坡罗，实在非他之过呀！他想不到会有那么一场大灾祸的！大神呀，请你来临！听你奴仆的祷告：快出现来，歼灭了他们那些大胆妄为的小伙子们！恳求你！如果再不显些神威，那么，神道们更将有谁来崇拜呢？他的奴仆们将怎样的生存下去呢？爱坡罗呀，请对你的奴仆现出吧！他在这样哀祷你呢！"他祷告着，想到哀怨处，竟大声的哭了起来，从来没有过的真心的祷求。但他没有想到，他的神，爱坡罗，这时正狼狈不堪的负了一身的火毒和灼伤，躺在他的父亲宙士的宫里，在痛楚的呻吟着，一切置之不见不闻。

在这时，那瘦削的中年人，祭师，突然听见山坡下宏亮而齐一的唱着一曲胜利之歌，人对于神的战胜之歌——那歌声是，那么样的坚定而喜悦，宏畅而自信，那祭师从来不曾听见过，有异于一切的哀祷的，祈求的，感谢的敬神歌，它们乃是那么样的谦牧与乞怜相，那么样的婉曲而不敢放肆！他顺着歌声，在朦胧的太阳的最后的余晖里，回过头，望见山坡之下，无穷尽的年轻的小伙子们的队伍，在欢跃，在歌唱，表现着人类不曾有过的第一次大胜利的凯旋的姿态。

“年轻的小伙子们真的便占了上风了么？”他有些不相信他的眼睛和耳朵。“神的威灵真的便一蹶不振了么？”他又跪倒了：“神呀，我们所托命的神呀，快些显威示灵出来吧。别让那些小伙子们尽猖狂的下去！你的奴仆在此哀祈着呀！哭诉着呀！”

然而神是一毫的动作也没有。回答他的是塌颓了的石罅里的还未熄尽的袅袅上升的余烟。

他颓唐的挣扎的站了起来，顿着足，咬牙切齿的诅咒道：“神的更大的惩罚，有的是在后边！”

不由自主的向山坡走下，混入了年轻的小伙子们的堆里，他想到了要寻找他的明和晶的下落。

“呵，呵，爱坡罗的祭师，走来了！看他的颓唐失措的神气！呵，祭师，你的巢穴被铲除了，你还是投入我们的队伍里来吧，凡是人类都应该同站在一条战线上来的！”一个年轻人，始而开玩笑，继而变成了严肃的说道。

“不错，凡是人类都应该站在一条战线上来的！”年轻的小伙子们错落的叫道。

出乎那祭师的意料之外，他们并没有敌视之意。

“看样子，他是受刺激过度了吧？且又无家可归，”一个年轻的领袖说道，又和气的向祭师道，“祭师，不，我们的朋友，还是请你到医院里暂息一夜吧。”

祭师心不属焉的沉默不言，但并不反抗的被他们引导到那所宏丽的医院里来。

一股浓烈的药的气味，扑鼻而来，大厅上横纵的支架着无数的床，床上有人在呻吟着。他看不清是谁，光线是那么微弱。“爸爸，我们是胜利了！”一个欢跃的声音叫道。

是晶，他所爱的晶，头上扎着白布，显然是受了伤，但仍是精神奕奕的，从一张床上跳了起来，赤着足，向他走来。

那祭师，不说什么，只用劲的抱住了他，吻着他的黄金的发。

“爸爸，爸爸，说来你不信，刚才我们是和爱坡罗，那无赖的神，对垒着！我们这边受了伤和战死不少，但爱坡罗，呵，呵，那无赖狼狈的逃走了！爸爸，爸爸，我们以后再不要恐怖于他的疫箭了，他的银弓的弦，被我们烧断，而我们的医院却很有把握的会医好疫箭的伤痕。”

那祭师，还以为他在开玩笑的说谎，并不答理他。“但爸爸，”晶呵呵的笑，“那无赖，爱坡罗，是狼狈的逃走了！”

年轻的小伙子们，受了伤的，都坐了起来，他们是被人类自己的力量所救活过来的，同声的呵呵的笑道：“不错，那无赖，爱坡罗，是狼狈的逃走了！”

那祭师有些惶惑，他不知道自己是置身在什么地方；爱坡罗他自己出现了，而且被打败了，这是可信的么？

他疑心自己是在睡梦里，神道们有意要试试他的信仰。

他的晶以热情的手臂，环着他父亲的头颈，叫道：“爸爸，你该放弃了对于神的迷信了；他的巢穴，你的产业，都已一扫而空；正是你赤裸裸的重新做人的一个绝好的机会。请你相信人类自己的力量，不要再为神道们做爪牙，在自欺欺人了！”

那祭师还是沉默不响，瘦削的面颊，不自禁的有些忸怩的表情。

“不要忘记了你也是个人，并不是那神的同类。是人，便该团结起来。”晶又道。

“但明呢，他在哪里呢？我要看他！”那祭师哑着声的第一次开了口，仿佛是要找个遁逃的处所似的。

“哥哥在那边。他被爱坡罗的箭，射中了胸前，伤势不轻。同伴们把他抬到这医院里来。经了大夫们的竭力救治，已经是脱离危险了。”

他领了那祭师进入里边的一间病房。

年轻的小伙子们无边无际的队伍，还在欢唱与跳舞；他们的歌声，表现着无限的自信与勇敢。歼神军的工作刚在开始，他们知道：前途是需要无量的牺牲与贞勇。

被烧掉的布匹，木材以及其他的余烬，发出熏焦的气息，随风不时的飘吹过来。那焦气味，年轻的小伙子们并不拒绝嗅闻，怪有趣儿的，仿佛野蛮人之贪爱熏山兔似的。他们张开了肺量，在晚风里，深深的呼吸；充满了生的自信与满足。

六

神道们在会议。

天色是死灰的。温温的浓雾，隔绝了天和地。那漫漫四围，把握不住的死灰色，郁闷得人只想发怒。

宙士，神与人的主宰，郁郁的颓唐的坐在宝座上，英鸷无畏的自傲的姿态，有些动摇。因了主人的不愉，他座下伏着的鸷鹰，也像被剪去了毛翮似的垂头丧气的蹲着。势力和权威，那两个铁铸的奴才，也垂手站在两边，像无所施其技似的无聊的沉默着。

爱坡罗，浑身包裹了白布，他的灼伤，还未全愈，那狼狈的样子，任谁见了便要发笑，非复背着银弓时的漂亮的神气了。

雅西娜还是那么冷峻的，披着盔甲，执着长矛，石人似的站在那里。她的旁边，坐着神之后希拉，那位易激怒，善妒忌的女神，她显出暴躁不安；但望了望宙士，也不说什么。

娇媚淫荡的爱之女神爱乎洛特蒂半裸着上身，白里透红的肌肤，像五月最鲜美的水蜜桃似的，怪诱惑人的。她紧挨着战神亚里士身边坐着，斜着眼，微微的在笑。一大厅的诸神，只有她一个是充满了愉快的生气。亚里士微蹙着额头，那凶残的久习于战阵的身躯，在这时，也似感着棘手与踌躇。爱的女神，他的情妇的娇笑，竟移不了他的愁思。

水之主宰普赛顿，轻易不上天庭来的，而这时也匆匆的赶了来；满脸的深刻的皱纹与于思满颔的浓须，表现着一个多虑的有经验的老人。他的同伴，海之主人，亚凯诺，那位惯于献殷勤的老头儿，也跟了来，看看有什么他该帮点忙的事可做。

酒神狄奥尼修士和天上的铁匠海泛斯托士坐在最隐僻的一隅，低垂了头，不说一句话。

死寂以上的沉默。

“合尔米士，好不误事，还不来报告什么！”希拉不安而焦虑的说道。

“忙什么！”宙士没有好气的睁着眼，望着她。她懊恼的低了头，咕嘟着嘴。

“你的弓弦是怎样的被烧断的呢？”亚特美丝，爱坡罗的孪生姊妹，悄声的对他问道。

爱坡罗耸耸肩，苦笑的说道：“没有什么！只是人类是大不同了！他们不怕死。我已经杀死他们不少，尸堆成了山，但他们不退，还是逼了上来，用那可诅咒的火烧灼我！”

“难道他们真的不需要我们了么？真的不再以第一场收成的谷，第一滴酿成的葡萄酒，第一胎的肥美的羔羊，第一匹最壮健的白牛，奉献给我们了么？我们的祭师们，哪里去了？那些取我们的余沥以自肥的奴仆们难道不会威吓他们，囮诱他们？再不显些神威给他们看看，真要招致从来没有的神国的侮辱了！”亚特美丝愈说愈气愤，语声有些高纵。

“你且去试试看。”爱坡罗冷冷的说。

“你难道真被那些猥琐的人类吓破了胆？我替你好羞！连银弓也遭了劫！”亚特美丝愤愤的哑声的说，为了她兄弟的过于不争气，有些难堪。

爱坡罗掉转了头，不去理她。

“那么，该用普赛顿的威力来了，”宙士说道，“我曾经吩咐过你，在一宵间，集中了河海的水涛，把整个的人类淹没了去，难道你不曾照办么？”

普赛顿苦着脸，摇摇头，徐缓的说道：“何尝不曾那么办呢！无奈那些人类实在太狡猾了！他们防备得是那么严密周到。河水泛滥不了他们的住宅区，河堤的保护与建筑，是那样的坚固，海塘更不必说的。我的刚才，曾率领了全部水兵，用尽力量的冲，激，扫，荡，然而他们是丝毫不动。河水只是驯服的向海流去。人类如今是大不同了！”

宙士，紧蹙着双眉，不说什么。

又是一阵的沉默。

宙士座下的鸷鹰，闷伏得不耐烦了，伸开双翼，像人伸懒腰似的拍拍几下，又闭合了拢来。

合尔米士张皇的由厅外溜了进来。

“合尔米士，有什么重要的消息？”宙士问道，皱着眉头。

“人类实在太可怪了！连被爱坡罗疫箭所射伤的人，他们都会救活了过来。如今是更活泼，更壮健的活动着，声言要和神道们作对到底。”合尔米士道。

“呵，有这怪事！”宙士跳了起来。“死亡是做什么的！叫了他来！”

“但死亡曾被击退了来的，”合尔米士道，“人类有一个什么场所，称为医院的，中了疫箭的人，进了那里便被治愈了。”

亚特美丝默默不言，她也感到一种不平常的严重。她和她的兄弟爱坡罗的威权，将要无所施其技的了！——辛苦的配制来的箭头，也可以不必再安装上箭竿的了。

“连疫箭都对之不发生效力，更有什么别的办法呢？”宙士沉思的说道。

“用雷火！”如电似的，这思想一闪而过。但在用尽了别的歼灭人类之法以前，他还不愿意浪用这最后的可怕的武器。

长久的沉默，可怕的拖着下去。

势力站得脚酸了，不安的在左右足换着站立。权威打了一个呵欠，觉得不合礼貌，连忙用大手掩上了嘴。

海的主人亚凯诺，小心翼翼的献议道：“只有设法把他们分化了，使他们自相猜疑，自相残杀，我们可以不费吹灰之力，便可以歼灭了他们。”

雅西娜冷峻的说道：“只有这办法最妥当。”

“利用了我们的祭师们去实行么？”宙士向亚凯诺问道。

“不，不，”亚凯诺仿佛狡智满胸的说道，“他们在人类里已经失去作用。随了神的权威的动摇，他们的势力也被推倒了。最好还是用什么可欣羡的东西，去诱惑新兴的领袖们。只要获得了他们的赞助，神的权威便又可重树起来的了。”

宙士似解开一重死结，心里痛快得多了。“这倒是一个办法，立刻便去试试。但差遣了谁去呢？”

亚凯诺猪似的小眼，巡睃了大厅一周，眼光停在爱的女神爱孚洛特蒂的身上。“还是辛苦爱孚洛特蒂小姐一趟吧，她的魔力最大。”

宙士首先嗤的一声笑了，大众随之而嘻嘻吃吃的乐着，暂时解除了那严重的空气。海泛斯托士觉得有点受伤，（只有他不笑）头垂得更低。战神亚里士以手触触爱孚洛特蒂的身体。她却嬉嬉的笑着，充满了自信与光荣的气概。

“但只有她一人还不够，”亚凯诺续道，“最好再烦劳神后希拉和雅西娜一同走走。”

希拉显得怪难为情的，雅西娜的严冷的脸上，却丝毫不变。

“当然诸位女神们是明白怎样的去劝惑和囮诱凡人的。不过，这次的事不平常，得小心。”

七

就在那一夜，星光如江上渔火似的正在天板上转动。三位女神从亚灵辟山的最高峰，飞到了人间。

机伶鬼的合尔米士，指示她们以几个重要的年轻的小伙子们的领袖的所在。这场面无须乎他出场，他便水蛇似的滑了开去，听任那三位女神们的如何展布其伎俩。

希拉第一个向一位领袖走去。他是一位勇敢的粗鲁人，出身于农民的家里，风雪水旱，受尽了神道们的作难与勒索。他天然的具有厌恶与反抗神道们的情绪。

希拉这次并不带了美丽的孔雀——她的爱禽同去，但也掩不住她那仪态万方的华贵的样子。

那少年的领袖，住在一所低矮的屋里，屋里的器具，异常的简单，他正对着荧荧的一灯，打算着怎样趁了一鼓作气的当儿，逐渐的扫荡了神道们的巢穴。

屋里突然的一亮，闯进了一个不速的来客。太不意了，他惶惶的站了起来。

希拉和蔼的叫道："呵，年轻人，你知道我是谁么？我是专为你而来的！要将人世间的最宝贵的礼物，带给了你！”

这使他更迷惑，这位半老的华贵妇人是谁呢？人间没有这样的一个人物。

“假如你肯抛弃了你的无益的企图，阻止了你同伴们的冒险的叛逆行为的话，啊，啊，我的孩子，你将见神道们所酬报于你的，是怎样的一份厚礼。”

这年轻人，渐渐的明白了这贵客的来意。

“你该知道神道们的威力是如何的伟大。在一夜之间，他，主宙士，可以扫荡整个人类出于地球之外。然而，为了上天的好生之德，为了人类的历年的为神服务，为了祭师和长老们的哀祷，祈求，主宙士却不肯使这么辣手的办法。只要你们肯停止了反抗的举动，啊，啊，孩子，你将见神道们将怎样的报答这可爱的人类——丰年与繁华，成熟的葡萄与财富，什么都有。至于你个人，如果肯为神出力呢，我将允许你，帮助你——你得知道神后希拉的允许是永不会落空的，而她的帮助，你也将明白是怎样的有力。”

那年轻人沉默不言。

“解散了那年轻的小伙子们的团体，不再从事于叛神的举动，而你便将有你所欲的最大的恩赐。你想富，世界上的财富是会放在你的足边的；我们将为你启示出一个未之前有的宝藏。但如果你更注意于权力呢，那么世界的最高的权力，将是属于你之所有。……”

再也忍不住了，他昂起头来，气概凛然的叫道：“走开去，不管你是谁。我不能出卖同伴们以求得财富与地位。神的压迫，已经到了末日，任怎样也是维持不住的。这诱劝，是无用。何况，我将怎样的劝阻大众呢？当我一显示出叛众的行为时，立刻便将为大众所认识，便将不再为他们所信任，便将成为攻击的目标。徒然毁损了我，于你们是无益的。这运动，是普遍的久郁的怨恨的表示，并不是一二人所能挑动，更不是一二人所能劝阻的。去，请和平的离开去，不管你是谁。一切的游说是无用了！”

他坚决的以手指着门。

希拉不能不走，但还婉婉的说道：“你且仔细的想想。假如能够回心转意，我还愿意将所允许的给了你。”

“不，不！”年轻人坚决的表示着。

希拉怅怅的无所得的飞回天庭。

而雅西娜所得的结果，也不更好。

她到一个年轻的领袖那里去，那人是一个土木工程师，他曾设计过好几个重要建筑的图案，他的学问的野心很大；他还苦心的想解决一个建筑学上的难题。

正在更深人静的当儿，雅西娜出现于他的窄小的研究室里。他惊惶的放下了规矩与笔，站了起来。

雅西娜虽欲表示出她的和蔼，脸上却仍是冷冷的，没有任何的表情，活像一个和顽皮的学生们厮混惯的学校老舍监，永远是那么矜持，想拒人于千里之外。

“不惊动了你么？”雅西娜装作和气，语声是那么做作。

“有几句话要和你谈谈。且不要问我是谁。”

年轻人呆呆的站在那里，不知所措。

“你们年轻人们是勇敢的，有智慧的，这深为我所喜。但你们要知道，该把从神那里得到的智慧，运用到别一方面去，为人类造福利，不该那么大胆无忌的便对神叛逆起来。我来劝告你，完全为了人类的光明的前途——你该知道，我素来是怎样的爱护人类——你得阻止这叛逆的行动的发展。否则，人类必无幸！假如你能够为神，不，也是为了人类，出力，解散了这场叛逆的运动的再度进行呢，神对于你个人，一定会有最丰厚的酬报的。譬如，你是一个建筑师，你便可成为世界上最伟大的一个，能够解决远古不曾有人能解决的一切难题，像海上浮岛的建设，百里以上的大桥梁的设计，等等，而你的名望将永远的悬于人类的历史里。而且，将来，我还可以设法，把你永生的居住于天上，成为天庭的御用的建筑大师。为了你，也为了你的同伴们，你该设法阻止了这非法无天的叛逆的行动的发展，劝他们趁早的偃旗息鼓！”

一口气便滔滔的说下去，没等那年轻人的回答。

那年轻人沉入深思，好久不回答。但最后，摇摇头，说道：

“这不是我力之所及！我只是团体里的一员。大势所趋，一二人绝对的不能使之改动其流向。况且……”他迟疑的说道，“在神的重压之下，人果能自由的运用其智慧，为同伴们造福利么？”

“当然可能的，而且神还要尽了力来帮忙他们。”雅西娜乘机的加以劝诱。

“不，不，”那年轻人严肃的说道，“我们的同伴们的口号是：打倒神权！在神的统治之下，我们知道——这可怜的把戏已经演唱得太久了，人的智慧是决不能为自己的福利而运用的。譬如建筑师吧，其生来的最高功业，仿佛便是建筑宏大的神庙，只是成为神的奴役。如今，我们是不再为神用了！”

雅西娜知道没有什么话更可以打动他，便也悄悄的无聊的离了开去。

只有爱孚洛特蒂回到天庭最晚。她玩演了一个最滑稽的场面。

她来到了年轻的小伙子们的变乱的真正的中心区。一个繁星散缀，缺月无云的午夜，静悄悄的人世间，疲倦了的胜利的歌与舞，闲愁闲闷最易惹起的时候，温温暖暖的密室，哥哥明，巨创方瘥，正安息的躺于里室。弟弟晶，头上的白布还包着，然而精神已经完全恢复。他在外房往来的蹀躞着，筹划着明天的行动。今天的不意的大胜利，还在他心上激动的留着未尽的兴奋。

爱孚洛特蒂溜进了房里。他的眼前突然一亮，有股诱人的香味儿同时钻入他的鼻孔，抬头一望，立刻认识了来的是谁。——他是祭师的儿子，从童年的时候便熟识着每个神的面貌和故事。他站定了，昂然对爱孚洛特蒂望着，刚想说道：“我知道你是谁，也知道你为什么而来。但在这严重的决战的时候，我不愿意和任何的神有什么接触。”爱孚洛特蒂对他嫣然的微微的一笑，眼波如最清澄的月光似的，向他脸上一溜转，那张吹弹可破的脸，是那么秀丽合度，而又是那么健洁，像最晶莹的白璧，却又透露着血气旺盛的红霞，那娇媚惹人荡动的姿态是任怎样不能找到什么美和新的言语来形容的。光光艳艳的耀得这有定力的年轻人的眼光有些眩花，未说出来的话，便向喉头倒咽了下去。

究竟是一个坚定的叛徒，连忙闭了眼，自己镇静了一下，说道：“请你出去，我们和你们神道们，已经没有什么接触交通的必要了！”但感到有一团的势力是逼立在他身边，浑身有些痒痒的不自在，仿佛是逼近了一具热度过高的火炉旁站着似的；方想退却几步，而爱孚洛特蒂已更逼近了些。他不敢望着她，然而感到她是在微笑——那令人死而无怨的最娇艳的微笑！他听到她的呼吸声——而他自己的心脏是那么急速的在跳动着，他几乎瘫化了下去，惶惶无措的站着，生了根似的，成了一无抵抗的人，雄辩的口，也被箴闭着。

“我的孩子，”爱孚洛特蒂开始说道，以柔若无骨，丰若有余的手，搭在他的肩上，那由手心传达出来的热力，像千万个单位的电力似的，钻进了他的全身，从头顶到脚尖都痒痒的，有些麻木不仁，“你十分明白我是为什么而来的；我来，为了神，也为了人类。神与人之间是不必有什么芥蒂的。神不是帮助了人类的成功么？至少是我，圆成了人间多少对的最美满的夫妻！”那声音的本身便是最优雅悦耳的音乐，兼之那如兰的吐气，熏得晶的面颊似都有细粒的芬芳强钻了进去。她的面颊是将贴近了他灼热的面颊。他一无主意的昏乱的立着，连她的话，也不大听得清楚。

没有一句回答。

但里室睡着的哥哥的明，却着急了，大叫道：“弟弟呀，快不要上她当！你该记住我们的誓言，我们的使命！赶她出去，这恶毒的说客！你不赶，我来赶！”说着，便挣扎的要爬起来。

晶的手无力的举了起来把爱孚洛特蒂搭在他肩上的手，掉了下去。他远远的站开了，如梦似的，以干涩的口音，说道：

“请你出去！请你出去！”

而他自己便颓然的向里室跑去，伏在他哥哥身上，抱了他，啜泣起来。

怪没意思的，怀着第一次被拒绝的耻辱，悄悄的溜了出去，有些失了自尊心，咬着牙齿，骂道："且看你们这些的叛逆的小子们的下场。"

八

严重的空气又弥漫于天庭。

生死的决斗，在神与人之间似是免不了的。

合尔米士传来了一个更严重的消息：人类已准备了要在第二天集合了来扫荡神圣的亚灵辟山，神的最坚固的中心的巢穴，宙士的宝座的所在，即今的会议厅所在！

他们如今是在狭路上面对面相逢着了。

宙士愤愤的叫道："无所用其踌躇了，我将使用到我们最后的武器了！"这叫声凄厉可怖。

"来，集合了来，准备，夜袭！"宙士叫道。

神道们很快的集合为一军，气概还不减于和巨人们争斗的时候。

鹫鹰先飞起在天空，权威和势力左右的跟随着宙士。宙士的左手执着大把的雷矢——他的最可怕的武器，右手执着一支短矛。

战神亚里士全身披挂的执着刀与盾，亚特美丝肩负着银弓，爱坡罗则改执着一柄大刀，雅西娜冷峻的执着她的长矛，普赛顿使用的是三股叉。全体的神都在军中。狄奥尼修士连连的端起了最大的酒杯，灌倒下巨量的葡萄酒然后动身。海泛斯托士拖着一双不良于行的足，一瘸一拐的跟在最后。连爱孚洛特蒂也披上一身铁甲，是最轻巧的一身；也执着一把刀，是最灵便细小的一把；在杀气腾腾的阵伍里，她还减少不了她的迷人姿态。

乌云密布于天空，雷声隐隐的可闻。电光不时的在闪。雨水黄豆似的大量的沙沙的滴落下来。人类都在沉沉的睡，但已为雷电的可怖的袭来而惊醒。

大队的年轻的小伙子们集中于城镇中心的大建筑物里，留着哨兵在屋顶上看守着。

宙士的神军，一路上耀武扬威而来。郊外的小屋，被大风摧毁了不少。人都从屋里逃出，狼狈的冒雨奔向市集。雷声隆隆的只在他们头顶上响，乌云和雨水追赶着他们而来。宙士爱惜他的雷矢，不欲逐个的击死他们，浪费了这武器，想要把他们赶集在一处，然后聚而歼之。

雷声更响，电光长长的闪过天空，照见冒雨逃难者的狼狈的情形。老人们最早被惊醒，他们警觉道：“天怒是终于到了！”慌乱的跪在地上哀祷，祈求，顿首无数，喃喃的把人类最珍贵的东西都乱许给了神。

但神道们并不曾听见他们的哀祷，只是要用那猛烈无比的雷火把人类聚而歼之；像从前用洪水的办法一样，在一夜之间，把他们全都灭绝了。

郊外的人蜂乱的都拥挤到市上的大建筑物里来。屋顶上的哨兵们尖锐的吹着报警的银笛。年轻的小伙子们都慌乱的起来准备着。

夜是黑漆漆的，断续的电光是唯一的光亮。但在大建筑物里，灯光也陆续的燃起。

一堆堆的乌云更低了下来，人类在电火的一掣里，清楚的看见愤怒的神道们的全体，站在云端。

老人们和祭师们只是伏在地上叩头不已，在大声的哀求着，祈祷着，求赦他们的罪过。但年轻的小伙子们则在大建筑物里边，忙忙的准备着对抗。

“你们这批下贱的人类，如今是恶贯满盈的了！我要在这一夜之间，用雷火把你们全都歼绝了，而另殖以新人种！”宙士宣战的叫道，同时抛下他的一部分的雷矢。

震天撼地的一声响亮，硫磺的气味，充塞于空气中。接着有房屋倒塌了的声音，被压的人类在微弱的呻吟，尸首纵横的躺卧于地上。

宙士有些得意，又将手中的雷矢，抛射下去。又是一声可怖的炸裂的响声，似乎大地母亲她自己都被打晕了过去。好难闻的硫磺气和被雷火所烧灼的东西的焦味。

电光是不断的在闪亮，雷声隆隆的在发怒。但在电光的照亮里，神道们却开始发觉，他们竟不可能把人类聚而歼之。雷矢所能摧毁的只是矮屋小店，至于那些大建筑物，年轻的小伙子们所占据的大本营，却依然傲慢的屹立着，丝毫不受损害。

宙士气往上冲，把手中所有的雷矢，全都向那些大建筑的屋顶上抛了下去，但竟哑然的没有反响。那些黑漆漆的大建筑物，还是像巨怪似的屹立在那里。雷矢的火，它自己竟消失其气势于屋顶上装置好了的避雷针之上，连隆隆的余威都不曾有！

这打击是太大！宙士哑然无言，也如他的雷矢一样；鸷鹰栖息在他的手上，如斗败了的公鸡。权威和势力悄然的垂头而立，一毫不能展布。亚里士摇摇头，无可奈何的执起了盾和刀，首先的冲了下去。

就在这时，大建筑物的前面广场上，轰隆的发出了一声震天的怪响，仿佛便像雷矢炸裂了似的，震天撼地的威势；也有一连串红的蛇舌似的火光发出，却是直向天空而去。

没曾等到神道们的警觉，又是连续的几声怪响，震得大地像要裂开。一道道的红光怪美丽的，直向天空射去；在这雨夜的黑暗里，炸裂了开来。

已有被射中了的。亚里士首当其冲，被炸成粉碎。权威和势力，在云端倒跌了下来。

宙士连忙麾众退却，很快的向东方而逃。诸神一窝蜂似的都随了他而奔去。

那边天空上的炸裂的火光，还在黑漆漆的天空，美丽的画着无数的弧线。轰轰隆隆的炸裂声，还隐约可闻得见。

神道们有些纳闷。人对于火的利用，难道竟高明到这个地步，连雷矢一类的什么，都会仿造了？

“这罪恶全要那偷火的无良心的柏洛米修士担负了的！”宙士在一个荒山上休息下来，顿足的埋怨道。

“诅咒他也没用。还是商量着怎样自救吧。”雅西娜忧郁的说道。她从来不曾损失自信得那么厉害。

“说到柏洛米修士，他是早已警告过我们的。还是先找他商量些什么补救之策吧。”希拉畏缩的说道。

宙士如从梦中醒过来似的说道：“就向高加索山去，都去，他也是一个神，得给神之族想一个办法。”

九

柏洛米修士，那位先知者，被锁在史克萨峰上，不知几历年月。无涯的痛楚与受难，把他磨练成一个麻木无知的人物。

他的双眼天天被太阳光直射，几已盲无所见；他的四肢和胸部，为巨链所磨擦，竟破烂见骨。很大的苍蝇成群的飞集着，在吮啜他的腐肉。时时扑向上的海水，总是把白盐留在他的发际和皮肤，使得他的全身，怪可怕的，如蒙上了一层白灰。久已无任何神来过问这个求死不得的伟大的牺牲者，受难者。

宙士一群奔了来为了表示和好，首先叫海泛斯托士把那永不可断的链条的一端，从岩罅取了出来。这样使他恢复了自由。但他闭了眼，一毫力气都没有，简直站立不起来，只是软瘫的坐在地上，背部靠在一块崖上。

“是宙士么？我看不见，但我还听得出他的声音。

什么事到我这里来呢？我们之间，是没有什么交涉可办的。”

宙士有些凄然，一时说不出什么话来。

良久，才勉强的叹道：“是我的过于暴躁的脾气不好，累你受了这无涯的苦楚！”

“你无事不会来到这里的。我知道你的结局是近了。”

诸神的心脏都为之一凉，似被抛在冰窖里。

“你的忠心的奴仆们权威和势力哪里去了？你的鸷鹰也飞得不知去向了吧？我告诉你，太迟了！”

“然而为了神之族的自救计，你，该想一个办法。”

“神之族是早已走上了自杀之途。太迟了！如今是无可挽救。”

“难道竟坐听人类的如此猖獗么？我们神之族竟将损失了一切么？连亚灵辟山的宝殿都要被扫荡而去么？”

“不仅这样，一切神之族的末日都已到了。”

“连你自己也在其内么？”

柏洛米修士默默不响。

“然而是你盗了火给他们的！总得想个法子。”

“我取火，是为了正义。神的统治是太久了，这世界总得变。”

“难道竟变到该由猥琐的人类来统治一切么？”宙士气往上冲的说道。

“结果总要这样。”

“你除了预言神的没落之外，竟没有办法可想么？”

柏洛米修士摇摇头，头发里堆得很多的盐的细粒，簌簌的被摇落下来。

神道们是凄然的相对的望着。

沉沉的深夜。星斗们都渐向西赶路下去。海水是哗啦哗啦的怒吼着，扑了上来，又被击碎在史克萨峰之下。

无边的死寂。

不知从什么地方，随风飘来了一声喔喔的鸡啼。

夜将逝去。东方已经有些微红。

宙士警觉的叫道：“回去，尽最后的努力！”

十

亚灵辟山的宙士的神宫，集合了人类的膏血与巧匠的心计建筑起来的，傲慢的站在山巅。清晨的太阳光，照射在纯白色的大理石的阶级，墙柱和雕刻上，闪闪耀目的在发亮。

祭师们已被捆缚了去，司打扫之役的少年们，都已加入了叛逆之群。从东与西，从南与北，年轻的小伙子们的队伍，无边无际的集合了来——可怜的埃娥的子孙们自然也在内——挤满了山谷，挤满了庙前的广场。

刀矛如林的向天空耸出。个个人都表示着坚定，勇敢，牺牲的气概，击不退，烧不灭的像潮水似的涌上来。

神道们都站立在庙的石阶上，憔悴，颓唐，但在集合最后的攻击的，或宁可说是防御的勇气，凄然无语。

宙士手上执着最后的最强烈的一大束的雷矢。

广场上站的小伙子们突然的齐一而洪亮的唱着人与神的战歌来。那歌声是壮烈而自信。神道们是听惯了靡靡之音和人们的哀祷与感谢曲的，听了这壮烈的战歌，有些惊愕，不习惯。

“最后的一次决战，神道们都在这里了。兄弟们，冲向前来，歼灭了他们，肃清了这魔穴！”一个年轻人以全肺量的力高声大喊道，同时他举起了一柄矛，冲上石阶来。

“冲向前去呀！”如潮涌似的且喊且冲了上来，那年轻的小伙子们的无边无际的队伍。

雅西娜站在最前，也举起了矛，如以食叉取熟薯似的，矛锋很容易的直刺进了那年轻人的心胸。他大叫了一声，倒了下来，胸血喷射出来。雅西娜的矛尖上染得红红的，还有血往下滴。但又是一个，但又是一个，无穷尽的队伍尽勇敢的往上冲过来。有几支刀矛斫刺了雅西娜的胸甲，当的一声，击出火光来，但刀矛自己折断了。有一个年轻人，溜到了雅西娜的身边，举刀向她颈部斫去。她连忙转过身，一矛直刺透那人的眼鼻之间，红血喷射得她一脸。又是一个上来，这次却被斫个正着，受了轻伤，但那人也被杀死。

爱坡罗，普赛顿，以至爱孚洛特蒂无不杀得浑身是血，腥臭得难闻，刀，矛，叉上也都染红了，还有血凝结在上面。亚特美丝站在一角，她的银弓一弯，必定有一个倒下。但不久，她的疫箭放射尽了。而小伙子们的队伍还是无边无际的向前涌，向前冲。

人尸堆得石阶都被掩没了，红血流得遍地，滑腻得站不住足，但小伙子们的队伍还是无边无际的向前涌，向前冲，践踏了死者的尸体而冲上来。

神受了伤的不少，爱孚洛特蒂在娇啼，她的右臂被斫中了一刀，伤口不小，但谁也没有去理会她。

生与死的决斗，这样可怕的延长下去。神被逼退到庙门之前，无可再退。

宙士愤甚，不顾一切，集中了最后的勇气，用全身之力，使劲的把手中所把握着的雷矢，全都抛了下来。

震天的一声绝响，大地被击得晕了过去。神庙在自己的雷矢之下倒塌了。亚灵辟山裂开了一个无底的深渊，就在神道们所站的地方。可怕的黑，可怕的深，无底的罅洞。

神之族整个的沉落在这无底的最黑暗的深渊里去。

山石大块的被击飞起来，再落下去时，埋压并打死了不少人。

等到他们恢复，镇定了时，神之族已经沉落到他们自己所造的深渊里去了；神庙是只剩下一堆堆的碎石折柱。

响入云霄的胜利之歌。——人战胜了神的胜利之歌。

太阳正升在中天，血红的光，正像见证了这场人与神的浴血之战。

1934年3月5日

（有删减）

访　问

天色老是阴沉沉的，又不肯痛痛快快的下一阵大雨。不时的，飘下一阵子雨丝，忽然的又停了，令人捉摸不住，到底是晴了没有。抬头望望天空，实在不敢乐观。那么阴沉沉的漫天的灰色，仿佛大帐幕似的笼罩在上头，丝毫的晴意都没有。

周荫甫拖着疲倦的足，挣扎的进了房门，拉长了脸一声不响。

他妻子知道他从外滩步行到家，实在是累极了，便不敢去惹恼他。本来有一肚子的话要说，米已经没有了，要买，明天的小菜钱也还没有着落，小荫的皮鞋破得不能再穿了，士芳要做一件新的花布旗袍，已经老早答应了她的，这几天就要穿，可是花布还不曾买好，房租已经来要过第二次了，二房东的脸色很不好看。……

可是她没有作声，静静的在替他预备晚餐。

吃粥时，一家人都没有好气。士芳鼓着嘴，要说不说的。小荫在对着半年不变的一碟咸菜和一块红腐乳生气，他勉强的吞下了一碗粥，便放下筷子，要走开。

“怎么只吃一碗粥？不饿么？”她问道。

小荫苦着脸，摇摇头。

电灯的光，黄得发暗。二房东只许他们用十支光以下的灯泡，说是电费太贵了。

周荫甫皱着眉，勉强的把两碗粥呼噜呼噜的喝完。深长的吐了一口气，坐到房里唯一的安舒的所在，一张年高德劭，满身伤痕的沙发上去。

他拿起早上在街上买的日报在看，挤紧了双眉，在一字字的琢磨着，为了电灯太暗，他不能不吃力的看着。

她在洗碗，士芳在预备功课。小荫已经跑到门外和同伴玩去了。

房里静悄悄的。他心境比较的显得平定些，疲劳也开始恢复了过来。

他读着这日报的副刊，有一篇文章说，如今的物价高涨，民生凋敝，都是政府不好，要过好的日子，便非首先改革政府不可。

他买了这份报，是随随便便的；他本来天天看《新闻报》。这一天，为了《新闻报》卖完了，所以，便买了这一份。

那些论调，他都从来不曾听到过。但句句似乎都打在他的心头，在替他说话，也仿佛是他自己在说着似的。

“为什么要警管区制度呢？这不是十足的法西斯的作风么？恐怕战前和战时的德国，意大利和日本，那三个极端反动的国家，也没有那么普遍而深入的扰民之举吧。”

“为了维护人民居住的自由权，我们应该拒绝警察的访问，拒绝回答他的问题。”

他读了以上的另一篇文字，也觉得颇有道理。这几天，公司里的同事们和邻里的居民们，已经在乱纷纷的讨论着，警察来了，将怎样对付他们呢？有什么话好谈呢？一定会显得十分狼狈的。

也有许多不平的愤愤的议论。

“难道不放心我们老百姓们，把我们都当作了不稳分子了？就在敌伪时代，也没有敌探们作那么普遍的访求！”

周荫甫向来是不关心那一套的，他只是安分守己的活着，逆来顺受，仿佛是惯了似的。遇到这种扰民之举，他只是皱着眉，暗地里在愁着：将怎样对付过去这难关呢？

“也许不会访问我们吧。万一果然来了，将怎么办呢？”

他想起，便有一阵阴影似的愁情飞过心头。

看了这段文章，他微微的起了些波动。

拒绝他的访求？拒绝回答一切问题？

他在一瞬间，有这么一个大浪似的疑问。

然而他的“多一事不如少一事”的哲学立刻在抬头了，为什么要自找麻烦呢？

大家能够齐心的都拒绝他们么？要是只有少数的人拒绝访问，怕不会惹起乱子来么？

“不怕官，只怕管。”这个古老的常识也在作怪。

如果得罪了他们，一时也许不发作，将来的麻烦一定要多着呢。

他想得心里烦透了，便把报顺手抛在地板上，闭了眼，独自在养神。

桌上的小闹钟在滴滴答答的走着。门外有叫卖茯苓糕，桂花白糖糕的声音。

邻居们都静悄悄的，突然的石破天惊似的，隔壁王家新生的小娃娃在大哭。

这一切他天天都习惯了的，无害于他的静养。

他有些迷迷糊糊的，仿佛游太虚。

正觉得有点舒适，忽然弄堂里有皮鞋足，在重重的走着，仿佛很有威风似的。

他心里一震，静听着这沉重的皮鞋声走着，走到他家门口停住了。

“难道是来了？”他惊慌的在心里自问着。

铜的门环答答的在叩着。

他从沙发上挣扎了起来，有点慌，也有点不乐意，走到天井里，拔了门闩，开了门。

“是八号么？”一个瘦削的脸的警察问道，腋下夹了一个黑皮的公事皮包。

他点点头。

这警察便挨身走进门来，随手把门关上。

他的双眉很浓，双眼有神，仿佛在刺探着你的心上的什么秘密似的。

不问声主人，他便大模大样的在那张唯一的舒服的沙发上坐下了。

周荫甫恭敬而且惶恐的坐在旁边一张硬板凳上陪

着。士芳和他的太太都停止了工作，也慌乱的以睁大了的眼望着他们俩。

这警察慢条斯理的打开了黑色的公事皮包，拿出一大沓纸张来，在寻找着。

什么声响都没有，连纸头翻动的声音都听得到。

空气有点窒塞。

他翻了半天，翻出一张纸来，放在膝盖头，眼看着纸，问道：

“这儿是八号？”

他又点一次头。

“是二层楼的房子？”

“是的。”他恭顺的答道。

“住了几家人家？”

“楼上一家，亭子间一家，楼下客堂一家，披间一家，一共是四家。”

“你是二房东么？”

他摇摇头。

“二房东姓石，山东潍县人，做买卖的，家里有一妻二子一女，是么？”

“是的。”

“你是租的客堂间住么？”

“是的。”

“每个月房租多少？住了几年了？”

他有点为难。二房东曾经再三关照过他，有人问房租数目，不能照实数告诉人家。

他期期艾艾的答道：“住了七八年了，每月的房租是……是八九百元。”

“你怎么的！难道自己也不知道居住年月的准确日期了么？难道连房租的确数也不知道了么？这调查是要紧的，防止奸宄匿迹，什么话都得老老实实的回答，不能隐瞒。我有底子的，和底子不对，就显然有问题。要小心！”他一口气的教训了一顿。

周荫甫涨红了脸一声不响。

“到底住了多少年？房租到底多少？”他追紧了一步，迫问着。

他越发慌乱了，在静听着的他的妻和士芳也都显得有点慌乱。

“是八年。房租是九百元一月。”他极力镇定的答道。

警察看着纸头，摇摇头。

“和你填的东西不对。你再想想看。有问题，大有问题！”

他头脑盖上仿佛嘤的一声，灵魂飞了出去。他费尽了心思，在追索着。从前填写的那张表，到底怎么填的，他实在想不出了。

“你姓周？”警察又问了下去。他机械的点点头。

“名叫什么？”

“叫荫甫。”

“在哪儿做事？”

“在仁记路永泰公司做职员。”

“这公司是做什么买卖的？月薪多少？”

“是做股票买卖的。月薪只有三万五千元。”

“现在还做股票么？”

“是的。”

警察又抬起头，注视着他，说道：“你知道现在股票是政府禁止买卖的么？这公司有问题。你在那里是做什么的？”

他心里益发慌了，不暇细想的答道：“是听电话，报股票行情的。”

“从哪里打来的电话？这要查，要仔细的查。你要好好的回答我。有问题，有问题。这是重要的大事件，不能含糊过去！你回答！立刻回答！”他拿起一张空白纸来，一手从警服的口袋里，拔出一支自来水笔来，等待着写下去。

周荫甫的脸色变得苍白了，双手在抖着，嘴唇也在发抖。

“我……我……也不知道……只知道是叫一二二五九……的电话。”

警察把这号码记了下去，“你不知道那对方公司的地址和牌号么？果真不知道么？不得说谎。说了谎查出来，要吃官司的。”

“实在不知道，”他浑身在抖着。

“你家里有几口人？”

“一妻，一子，一女。”

“妻做什么的？叫什么姓名？子叫什么？在哪里读书，做事？多少岁了？生日是几月几日？女叫什么？有读书么？”

“妻叫周陈氏，不做事。”他答道。

警察连忙拦住了他，“这不成的！现在不作兴用什么‘氏’的，总应该有个名字。”

“实在是没有。”

“不成！总得有一个。”

“是，是，马上就替她取一个名字。”

警察点点头，表示赞同。

“子名小荫，年十二岁，在初中读书。”

警察看着纸头，说道：“不成！现在要说实在的岁数。到底是几岁零几个月？”

他无望的在细细的计算着。妻也在焦灼着。还是士芳算了出来，道：“实在岁数是十岁零八个月。”

警察向士芳望着，“是你的女儿么？有读书没有？”

“是，名叫士芳，在育华中学读书。”

警察又注意了起来。“哪里的育华中学？是在中山路中段的那一家中学么？”

他答道：“是的。”心里在疑惑着，不知又要有什么毛病发生。

果然警察大发议论了。“这学校不好。是异党分子办的，常闹乱子。你这女儿思想受毒，大有问题，得好好的注意着。”说着，便在纸头上做下什么记号。

周荫甫头脑有些混乱，不知回答什么好。他的妻脸上也变了色，手在抖着。

士芳鼓起嘴，有点愤然。

“你的薪水每月够用么？”

周荫甫摇摇头答道：“现在物价高，米粮贵，每月总是不够用的。”

“不够用，怎么办呢？有做别的事么？有兼差没有？有做别的投机事业没有？有做别的买卖没有？”

周荫甫本来在这家股票公司里，自己也常做着抢帽子的花头，有时全靠了这，才敷衍得过这艰难的日子，但被他这一路教训下去，实在不敢再说实话了，便摇摇头的说道：“没有做别的事。”

“那么一家四口怎么够敷衍下去呢？”

“只好早晚吃吃粥，勉强的过着苦日子。”

警察的紧绷着的脸松了下去，仿佛很同情似的，“原是的，现在谁不过着苦日子呢！在开始建国的时候，大家都得吃些苦。好日子在后头呢！工业发达了，工厂多了，生活自会提高的。”

周荫甫茫然的点点头。

警察从沙发上站了起来，把纸条收拾好了，放入公事皮包里去，大声道：“好了，打扰了你好半天，为了公事，不能不如此办。以后有机会还要常常来麻烦你。”说着，便走到天井，自己开了门出去。

周荫甫机械的送他到门口，点点头，心头还在扑扑的跳着。

回到了客堂，方才松了一口气，仿佛过了一重鬼门关似的，茫然，而又觉得有点凄楚。

一阵细雨又随着晚风飘洒了下来。

不知什么时候会放晴。

1946年6月

汨罗江

汨罗江的水，涨得比往年都高。瘦骨头似的嶙峋的滩石，都被隐没在江水中。远远的望过去，疾流的水，处处的激起一团团的白色的浪花；本地人和打鱼的汉子们都熟悉的知道，那些有白浪花的地方，就是很高巉的江中岩石的隐伏处，往来的船只，碰上了就会粉身碎骨。在瘦巉巉的江岸边，满布着铁黑色的石块，那些石块镶嵌在鲜红色的泥土上面，一红一黑衬托得异常艳丽，活像一个红装艳艳的少女，穿了一身大红衣，衣上点缀着不规则的大黑点子的花纹。翠绿色的兰草，肥茁茁的一丛丛的滋长在红土上面，也就像少女的红衣上，缀上了一条狭长的绿色的花边，越显得她的打扮的俏丽。

江边站着许多老树，有木兰，有桂树，有苍松，有古柏。薜荔攀缘在这些树干上，迎风晃动着有光泽的翠生生的绿叶。

天气是晴朗的。好几天不曾下雨了，开始显得有些闷热。从江边升起的水蒸气里，夹杂着香草，香木的气味，浓烈而甜蜜的熏人欲醉。是刚入二月的孟春的季候。

屈原，这位多忧的身材瘦削的诗人，一清早的就在江边上散步。他双眼深凹进去，显得疲劳，然而还奕奕发光。看来，他昨夜又是失眠一夜了。他披散着秋霜似的疏疏的白头发，几绺长须，飘拂在胸前，像雪白的蚕丝，衬托在他的青色的衣袍上面。

他住在这里已有好几年了。他老是一清早就在江边上散步，无目的地走着，走着。有时，嘴里在吟诵些什么，还不时发着叹息。他显得孤独，也显得严肃，但这一带的老百姓们对他是亲切的。他们尊敬他，觉得他是可亲可爱的，是他们当中的一个。他常常的帮助他们，一点也没有贵族的架子。他也下地种稻，割谷。他参加他们的迎神赛会，还写了些新鲜的歌辞儿，教给当地的巫觋们歌唱。那些歌辞儿是那么新鲜，像新出水的荷花，在晨光中开放着大嘴的那么新鲜，又是那么漂亮，那么亲切，配合着他们所熟悉，所喜爱的漫长而刚劲的调子，像柔丝，又像铜鞭似的，直打中他们的心坎儿，缠绕着上去。是他们的生命的一部分，是和他们的生活结在一起，打成一片的。老幼男妇，渐渐的都学会了唱，在田里插秧针时唱着；在挥动着镰刀，喜悦的割下黄澄澄沉甸甸的稻子时唱着；在立在门前看牛羊闲散的从牧地里归来的时候唱着；在冬天农闲，阖家团聚着闲嗑牙的时候唱着。一个人唱着，大伙儿便都聚了拢来不由自主的和着。屈原有时站在那里听着，微笑着，紧锁着的双眉也暂时的松解开了。这些歌，使他们更喜爱他们的美丽的家园，他们的美丽的土地，他们的芳香的草与木，以及他们的与生俱来的一切。他们使这些勤劳勇敢，朴实聪明的农民们更滋长着爱楚国的心。那调子是那么亲切而熟悉，是那么清丽而恳挚。那楚歌，宛转而刚劲，漫长而雄健，正和楚国的人的性情相融合在一起了。

长太息以掩涕兮，哀民生之多艰。

（我长久叹息着而流眼泪啊，可怜人民的生活多灾多难！）

——《离骚》

他们唱到这里的时候，不由自主的流下热泪来。还有谁像他这样的能够想到他们的痛苦与灾难呢？

当地的贵族地主们，和他们的狗腿子们，除了抢走了他们辛苦收获的黄金色的谷粒，抢夺去他们的肥敦敦的牛羊，要他们去造房屋，修车辆，还要抽去乡中的壮丁们去打仗之外，还有谁来问问他们的寒暖疾苦呢？他们第一次听到了这样的同情的话儿，怎能不感到热泪横流呢？

这二十多年来，楚国的人民也够痛苦了。他们受尽了种种的灾难。照例的横征暴敛之外，更加上连年的战争，连年的失败，更加上权臣恶吏们的额外的贪赃求利，全不顾人民的死活，取之尽珠玑，用之如泥沙。朱门里笙歌鼎沸，乡村里呼饥号寒。老百姓们衣不蔽体，贵族们打扮得浑身上下都是锦绣，还出奇出怪的时兴什么狭窄窄的细腰，把壮健的少女们活生生的逼得不敢多食，弄得脸黄肌瘦，甚至饿得死去。

政府里的人们，包括怀王和现在的王爷在内，整天的受秦国的愚弄，今天讲和，明天打仗，一会儿联齐反秦，一会儿又是联秦绝齐，主意老拿不定，总是吃了大亏，打着败仗。怀王被秦人骗进了武关，死在那里。他的尸身送回国的时候，老百姓们是又恨又怜。他的儿子，现在的王爷，不想替他父亲报仇，过了不久，反而迎娶了秦王的女儿做妻子。他相信如狼似虎的秦人，听任他们的摆布。在全国人民咬牙切齿的痛恨秦人的时候，他却反向敌人求亲取乐，自己以为从此可以高枕无忧，和那些大臣们整天的歌舞取乐，丝毫不作防备。

老百姓们吃了大亏之后是不会忘记的。在二十多年前，怀王起兵去攻击秦国，被秦杀得大败而回，死了八万多人，将军屈匄也被俘虏去了，整个汉中的一大片的地方也被秦人占领了。哪个地方没有哭儿，哭夫，哭父的人；谁死了亲人不想报仇！那勇敢刚强的楚人，便自动的纷纷报名投军，怀王的军队又壮大起来。第二次攻秦出兵的时候，军心便大为不同。在蓝田的一战，几乎成了大功。不料被魏兵抄了后路，又只好退了回来。诸侯们欺侮楚国的逐渐的衰弱下去，又合兵来攻。那一仗，楚兵又大败亏输，大将唐昧也被杀了。

汨罗江边的好些村庄里，十家就有八家是丧失了他们的亲生儿子，他们的丈夫和养家的父亲的。孩子们长大了，母亲们天天在告诉他们父亲是怎样死去了的。他们心里的仇恨，和年龄一同的成长。少年们自动的结成团体，在下地耕种之外，得空就练武。人人节省下来钱，来打造兵器；人人有把剑佩在身旁；长长的矛戟，强的弓，锋利的箭，也家家都有储备着。

屈原来到了这里，他从酒酣色醉的郢都移居到这个地方，是第一次和那么勤劳勇敢的老百姓们接触。初初有些不惯，显得生疏，但空气是那么不同，仿佛从闷热的破屋子里逃到空气新鲜的园苑中似的。他，一个忠贞的爱国的诗人，便自然而然的深深的爱上了这些刚强的爱国的老百姓们，他成为他们当中的一个。起初百姓也和他相当疏远，但不久，朴实忠诚的农民们便开始喜欢他，不当他是一个外边来的人，他对他们讲说古今的故事，天下的大势，让他们懂得了不少的东西。他们也处处关心着他的生活，见他整天的忧郁发愁，便常常的想法子来宽解他。老头子们常常去找他闲聊天，孩子们也时时的牵着他的手，要他到田地里，或江边上去，采撷香草野花。

这一天，他一清早便在江边散步，孩子们还没有出门。他无目的地懒散的走着。自己觉得岁数一天天的大了，精神越来越不济，头发越来越稀少，今天早上用木梳梳理的时候，就落了好几十根白发下来。晚上上了席，总是辗转反侧的睡不着。想前想后，一桩桩的故事都在心头上翻腾着，像白老鼠在踏轮子似的，一刻也不停。他想着怀王的糊涂，无故的听信了上官大夫的谗言，把自己疏远了。他满怀的忠忱与冤屈，没法子表白。朝政是一天天的坏下去。外交政策一点也把握不定。内政是乱得一团糟。贪官污吏压迫得老百姓们饥寒交迫，怨怒得只想爆发。怀王轻信了秦国的间谍张仪的话，和齐国绝了交。受了欺骗之后，又愤怒的出兵去攻打秦国，结果是大败而归，楚国从此衰弱下去。他完全明白秦国那一套诡计，但他没有一点儿机会来向怀王劝谏，只是东奔西跑的求人代向怀王进谏，谁也没有理他。直到兵败之后，怀王才想起了他，又把他招回朝廷。他极力主张和齐国联欢结好。怀王就派他出使到齐国去。在他离开朝廷的当儿，秦国怕楚齐又要联合起来，连忙派人来说，要还给楚国的汉中地方，彼此讲和。糊涂的怀王，一心只记着张仪的仇恨，他不要汉中地方，只要张仪。张仪来到了，又听信了靳尚和宠爱的妃子郑袖的话，轻轻易易的放了他回去。张仪一走，屈原就回来了。他知道了这事，气得只跳足："如何能放虎回山？"

怀王也后悔起来，连忙派兵去追赶张仪时，他已经走得远了。

秦昭王娶了楚国的王族的女儿，借着亲戚的关系，要请怀王和他相见。怀王很高兴，也要借这个机会，和秦国交好。他准备着要动身。屈原劝他道："不能去的！秦是个虎狼之国，绝对不要相信他们的话。千万不要去！"

但怀王的小儿子子兰却劝他去，说道："有这个好机会和秦国交好，为什么不去呢？"

没主见的怀王到底糊里糊涂地去了，果然被扣留在那里，抱着一腔的愤怒而死去。

他的大儿子熊横继承他做了楚王，倒叫子兰当政，做了令尹。子兰讨厌屈原的多话，又怕他再出来当权，便天天向熊横说他的坏话，又指使上官大夫向熊横说，屈原作了好些诗歌在讥骂国王。熊横被他们这一批人所包围，见了屈原便也如眼中之钉似的，一天也容不了他，便把他驱逐出朝廷，叫他住到汨罗江边去。

屈原在这江边已经住了几年了。他从过往的旅客们的嘴里，知道朝廷的政治越发闹得不像样子。那些当权的人，整天的只知道贪污作乐，一点远见也没有；又捧抬着熊横，叫他向秦国求亲，做了秦王的女婿。信任着秦人，依靠着秦国的势力，半点儿也不作防备。

屈原明白得很，这样的闹下去，非弄到亡国不可。但他有什么办法来救这可爱的国呢？来保全这可爱的国土不受秦人的侵入呢？他天天的在想着，念着，在忧伤着。见到老百姓们被压迫，受苦难，被榨取得那么残酷，而民心还是那么激昂慷慨，大有作为。他热爱这些朴实勇敢的人们，他到了这里，才真正的发现了可爱的祖国里的真正可爱的人们。

但有谁来率领他们呢？他自己是已经衰老了。他只能把一腔的忠愤，向他们倾吐着，向他们殷勤的谈着，说着，歌着，唱着，把忠贞爱国的火种传播着。但他自己是没有气力来率领他们了。

从郢都来的每一个消息，都使他愤怒，使他发愁，使他更加忧伤，更加衰老下去。一桩桩的往事，叫他失眠。可怕的未来的灾祸，更触动着他的有远见的心怀。说不定哪一天，最坏的一场大祸事，就会来到。他仿佛亲自看到这场未来的大灾难似的，整夜的睁大着失眠的眼，躺在席上，总想尽他的力量来挽救。但当权的人们，黑漆一团的正在追欢求乐，谁还来听他那一套呢？

一清早就在江边走着，一丛兰草在一块边上长出，衬切着红艳艳的泥土，格外的显得肥绿有光。小池塘里，芰荷正昂起头来，向着朝阳，张开了嫩黄色的一张小脸。许多不知名的香草，戴着清露，纷纷把自己的香气喷吐在早上的清新的空气里。

披散着头发的屈原深深的吸了一口清气，那一股芳香，暂时吹散了他的忧愁。这是多么愉快的早晨。他懒散的走到池塘边上，无意的向水面一照，自己也吓了一跳，想不到自己这几年来是衰老得那么快，气色是那么灰暗，身体是那么瘦削，不由得自己怜惜自己起来，眼圈子红着，几乎又要掉下泪来。眼睛一模糊，水上的影子也就看不清楚了。

一个渔父手提着渔网，正向江边走来，要上船到江心打渔，见了屈原，向他行了一个礼。屈原还他一揖。他怜恤的问道：“你大夫昨夜又没有睡好吧？”

屈原道：“可不是么？老是睡不着觉，又是光着眼等天亮。听着家家的鸡啼，再也睡不下去，就起身了。”

渔父安慰他道：“你大夫何必这样的操心呢？”

屈原道：“满朝廷的官儿们都是混沌沌的过日子，他们活像一潭混泥水似的，只有我，自己觉得是清洁不污的。他们像喝醉了酒的人似的，黑漆一团，什么也不明白，做事颠三倒四的，只有我这没有喝酒的人，还是清醒着的，看得明明白白，怎能不伤心呢？”

渔父道：“你大夫何必自己吃苦呢？他们都是混沌沌的，你为什么不随顺着他们些呢？他们都喝醉了，你为什么不也随着他们喝些酒糟儿呢？犯不着怀着一心才智而被他们放逐到这里来。”

屈原叹了一口气，说道：“你不知道，干净的人谁肯随着他们做龌龊的事呢？明白过来的人还能再假装着糊涂么？”他眼望着汨罗江的水，看着一层层激起的白浪花，若有所思的自言自语道：“我宁可投身江水，把身子埋葬在江鱼肚子里去，岂肯以自己洁白的身子给蒙上一层黑污点么？”

渔父摇摇头，也皱着双眉，向江边走上船去。

正在这个时候，忽然听得远处的村庄里有狗声急急的吠着。顿时人声也鼎沸起来，还夹杂着妇女的呼哭之声。

屈原的心沉了下去，像挂上了重重的铅块似的。预想的大祸事难道竟来了么？

他三步并作两步的向村庄里走去。他心脏在胸腔急跳着，两眼睁得更大了。

村众一见到他，连忙嚷道：“屈大夫，大祸事！大祸事！”

屈原看见村众围着三个男子，在乱嚷着。那三个人走得浑身是汗水，有一个人左手臂上还涓涓汩汩的直往外冒着鲜血。他右手靠着他父亲的肩上，勉强的站稳着。

“直走了三天，滴水也不曾入口，好容易才逃出虎口！”项家的小伙子说道，一边在大口的把凉水往嘴里倒。

“完了！完了！房子烧光了！好凶狠的贼强盗，见人就杀，一街上都是死尸！”景家的二儿子接着说道。

那受了伤的景家三儿子愤愤的说道：“不知怎么一回事的，秦兵就杀来了。那些混蛋，只顾自己性命，都逃走了。没有一个将官在率领着我们。平常作威作福的，在这时候却悄悄的溜走了。我们只好乱纷纷的自己拿起矛，拔出剑，弯上弓前去迎敌。有什么办法抵抗得住他们呢？”

景家二儿子道：“三弟手臂上中了一箭。他还想向前狠斗，我们硬把他拉住，才退回来，一同走了。”

项家的小伙子镇定了下来，才哭道：“大哥死了！”

项大嫂子一声不响，奔回家里，放声号啕的大哭起来。

村众被这场大祸患惊得呆住了。狗在哀哀的急吠着。

屈原分开了众人，向这三个急行人问道：“怎么一回事？怎么一回事？你们定了心慢慢的说来。”

景家二儿子道：“我也不知道怎么一回事。我们是守卫郢都的，被分派在看守南门。前天深夜里，忽然看见北门头火光烧了起来。我们还以为是谁家失火呢！一会儿，火苗头越燃的多了。城里顿时哭嚷连天。一会儿，就有不少抱儿携女的人们，狼狼狈狈向南门逃来，挤着向城门口逃去。我问道：‘有什么事？’他们只回答一句道：‘秦兵杀来了！’我们连忙回营，披上衣甲，拿起长矛，再找营官，他不知在什么时候已经溜得不见踪影了。项大哥大喊一声，挥着矛，叫道：‘都跟我来！’他便首先冲向前去。我们百十个人都随了他前去。一路上逃的人塞满了街道。嚷的，哭的，叫喊着的，呼儿叫娘的，嚷成一片。项大哥和我们走了小路，好容易才到了王爷的宫门前。那里是火光熊熊，在火光里看见我们被杀的人，老的少的，男的女的都有，纵纵横横的躺在地上。秦兵三三两两的还在赶着杀人。有的跑到人家屋里去抢东西。项大哥气红了眼，大喝一声，冲向最近一个秦兵，把矛头直刺进他的肚里。这家伙一声不哼的躺下了。旁边的几个秦兵冲了过来。我们蜂拥上去，几个交手，也就解决了。宫里望楼上鼓声忽然大作。秦兵四面八方都兜围了过来。我们虽然寡不敌众，还是狠命的向前杀敌。项大哥叫道：‘好！好！来的越多，杀的越痛快！’正说着，从什么地方射来一支冷箭，直插进他的胸膛，他倒下了，还挥着手，挣扎着要起来。大家伙顾不到搀扶他，只是和秦兵拼着命，人人杀红了眼。我见项大哥挣扎了一会，头颇垂了下来，死了。不一会，我们的人渐渐的少了。三弟的左臂也中了一箭，他还想向前杀，我们二人硬把他拖回来。仗着我们对街道熟，走了小巷，才逃出南门，上路回家。”

事情是明白了。秦兵攻袭了毫无防备的郢都，很快的就进了城，占领了王宫。

“王爷们有消息么？逃出城了没有？”屈原急急的问道。

景家二儿子道：“听说是出了东门走了。官官吏吏的一大伙子，一听到秦兵进城，便收拾细软，坐上车跑了。谁还顾得城里百姓们的死活。”

屈原大喊一声，两只眼睛红了，随即号啕大哭起来。村众想到伤心处，也随着他哭了起来。顿时哭声闹成一片。

“哭有什么用呢？得趁早想个办法。”景家三儿子说道。

屈原止住了哭，哽咽的问道：“对的，秦兵说不定还会向南追来。”

这个村庄里前前后后出去了二十多个壮丁，如今只回来了三个。全村老的，弱的凑合起来，总共不到五十多人。

“只要他们追来，我们一定要和他们拼个你死我活。我是活着不离开汨罗江边了。”景家二儿子道。

“是的，我们活在这汨罗江上，死也要死在这汨罗江上。”项家的小伙子说道。

景老头儿见多识广，连忙稳住大家道：“事已至此，我们一面去打探消息，一面俱作准备。现在，大家都回家去歇歇吧。”

村众渐渐的散去。

太阳已经毒热起来。快到中午了。屈原倚着一棵老桂树站着，一言不发。他的心沉下去。他所预想的最坏的祸事，果然是来到了！没想到来得那么快！难道这可爱的祖国便真的会无声无色的覆亡了么？楚国的英勇的男儿们会让这可爱的祖国，美丽的家园给虎狼似的敌人所侵占了么？

“不会的！不会的！勇敢的楚人是永远的不会屈服的！”他自言自语的说道。

他浑身无力地走回家。一进门，便躺在席上哀哀的大哭起来。到底哭了多久，他自己也不知道。哭得力竭声嘶的时候，便朦朦胧胧的熟睡了。醒来的时候，头边席上还是一大片湿的。

太阳已经快下山了。斜晖照射在东墙上，显得格外的暗黄惨淡，仿佛是世界的末日。

他要喊，要叫，有许多话要向每一个楚国的人说。浑身的劲儿，不知从哪里来的，一骨碌翻身坐了起来。身边就是一张长几，墙边架子上满堆的是削去了青皮的竹简。他取了一大把竹简放在几上，捉起笔来，诗思泉涌的一根一根往下写，一面自己吟哦着。

皇天啊！你是怎样的没有道理！

怎么会让老百姓们遭受了那么沉重的灾祸！

老百姓们妻离子散的到处逃亡，

刚刚是春天，却让他们向东奔跑。

他们离去了美丽的家园，远远的走了，

沿着江夏的水，而流亡到各处去。

他写到郢都的陷落，写到老百姓们哭泣的离开了郢都，再也见不到这可爱的城邑，这城邑如今是一片的瓦砾场，被烧杀得好不凄惨！再也回不来了，再也看不见那高大的梓树，再也看不到那巍巍的东门了。故都是远了，一天天的远了！

写到这里，他自己的热泪又流得满脸。

他写到权臣们的误国，贪官污吏们的罪恶，他自己虽是楚国的同姓大夫，休戚相关，把楚国的前途看得明明白白，却有话没处说，有意见没法提出，一个湛湛的忠心，无人领会，一腔温热的鲜血，只是洒向空中，又不由得不悲愤横溢，把泪水都烧灼干了。

睁大了双眼远远的望着郢都，

要想回去，什么时候才能回去呢？

鸟儿是要飞回故乡的，

狐狸要死，还要跑到土山洞里去死。

我是离得郢都远了，那不是我的罪过，

哪一天，哪一夜，我曾忘记了我可爱的郢都！

他写了这篇《哀郢》，又朗朗的歌唱了一遍。

这一夜，他直写到天色将亮，又是一夜的不能入睡。第二天一早，他匆匆的梳理了白发，又跑到江边上散步，嘴里吟哦着。

村庄里的人，一个也不曾遇到，他们仿佛在忙着什么。

到了中午的时候，项老头儿到了屈原家里来。他说道："屈大夫，我们村众想举办一个追悼亡人的祭祀。你大夫知道，这几次大战，我们村里出去了二十多个壮丁，回来的只有三个。家家都有个把儿子，或者丈夫，或者父亲，战死在沙场上。准备在三月初三日办这件事。女巫们也已经约下了。我们都盼望着你大夫能够替我们作一篇唱词儿。"

屈原正念着那些鬼雄，那些为国牺牲的壮士们。楚国的人民是英勇无匹的，只是被贪墨的权臣们所误，被糊涂的王爷们所害，弄得身死战场，国还不救。可爱可敬的英勇的战士们是尽了他们的责任了，该杀的当政把权的人们却贪生怕死的苟活着。他想到这里，不由得又愤火中烧。

“好的，”他答道，“我一定作。”

这一夜，他又整夜的不曾睡，在吟哦着，在朗唱着，在疾写着。他写：楚国勇士们身披犀甲，手执长矛，奔向前方。前方是战车在奔驰着，与敌车的轮子互相错插着，抛了长矛，拔出短剑来刺敌。敌人像天上的云朵似的纷纷拥拥，双方的旌旗，迎风飘摇，把太阳光都遮住了。双方把硬弓利箭像黄蜂出巢似的飞射出去。他写：个个人奋勇争先，越过车队，向前追杀。左边的一匹马倒下来了，右边的一匹马也受了刀伤，连忙解了下来，再赶车向前。双手执着鼓槌，咚咚的敲着鼓。他写：太阳都变得黑了，天空仿佛就要坠落下来。天神们仿佛在发怒。壮士们一个个的倒下了，躺在战场上没人理睬。壮士们一出发了就不再回来，那战场离家乡是那么远。

死去的壮士们身上还佩着长剑，挂着硬弓，

头颅虽然和身躯离开了，心还是不屈不挠。

是那么勇敢，又是那么壮烈，
刚强的楚人是永远不可凌犯的！
身体虽然死去，神还是有灵验的，
你们的魂魄啊！也会是鬼的英雄！

——《山鬼》

他把这歌词儿教给了女巫们。很快的，村众也都学会了唱。这歌词儿鼓舞了楚国人民的心，坚定了他们的为国牺牲的意志。他们不哀而怒，不悲而愤。他使他们把悲愤变成力量。

但他自己则精力似乎已经衰竭了。他从二月听到郢都失陷的消息之后，便心神恍惚，身体更坏下去。双眼更凹了，渐渐的失了神。肩头更耸瘦起来，脸色更加难看了。

一直没有消息。秦兵把路拦断了。不知道楚王逃到什么地方去？北方的情形究竟怎样？是不是还在抵抗？秦兵还继续的追上去没有？七思八想，老在心里转着。有时想到坏的结果，有时又觉得楚是决不会亡国的，心里又自宽自慰着。但心神老是不定，老是整夜在失眠。

已经入了夏天，草木莽莽的长得更为繁茂。汨罗江边的香草野花，蒸发出一股香气，弥漫在空中，嗅吸了进去，便使人昏昏欲醉。他照常的披散着白发，在江边散步。一步步走得更慢了，他有点支持不住自己。他想到郢都，想到糊涂的熊横，想到自己的耿耿忠心没法表白，想到那些权臣们倒上为下，玉石不分，方的东西硬说成圆的，自己是瞎子还以为双眼奕奕的人是失明的，把凤凰关闭在鸡笼里，却叫鸡儿在翔舞。朝政种种，莫非颠倒错乱。他以一个人的力量，还受着邑犬的群吠，有什么法子改变这些乱政呢？当时有许多世臣们，在自己的国内被排斥了，便跑到别的国里去做国卿，照样的享受荣华富贵，锦衣玉食。他不是那样人的同类。他是生根在楚地的，生是楚国人，死是楚国鬼。他是那么挚怀着楚国，那么热爱着楚国的人民。他压根儿没有起过离开祖国的念头。

他越想越悲，越想越气。连夜的失眠，使他更加憔悴不堪，连精神也支持不住了。他想勉强的挣扎着，实在是支撑不起来。他已经六十二岁了，像太阳快要黄昏似的，含着满心的忧哀，只是想死。

“没有办法了，没有办法了。”他老是这样的自言自语着。

五月初四的夜里，天气闷热得异常。天色是墨漆似的黑，连一点星光也没有。将要下雨的样子。云色重得很。门外的香草的芬芳气，间歇的被夜风吹了进来。

他下了决心，捉起了笔，写了他最后的一篇歌辞——《怀沙》。

第二天一清早，他整了整衣服，梳理了白发，走向汨罗江边。清晨的风还带着昨夜的热气，一点也不觉得清凉。老桂树亭亭的站在那里。东方已经有红光了。五色斑斓的云彩，映得满天空绚丽光华。

他觉得天是可爱的，大地是亲切的，草木是有光泽的，江水是清碧得见底的。老百姓们的朴实勇敢，更和他的心紧紧的贴近。他舍弃不了这一切，但他实在没有气力再支持下去了。

他一步步的走下江边，走到石滩，拾起一块大石头，塞进长袍里，把腰带紧紧的系住了。回来望着江边的村庄，几家的炊烟已经袅袅的升在天空。他长长叹了一口气，一言不发的踊身向江心一跳，便沉了下去。江水微微的起了一阵溅波。

渔父在船上远远的望见了屈原向江心跳下，连忙大嚷起来：“救人啊！救人啊！屈大夫投江自杀了！”

好几只渔船都急急的划了过来，用竹竿子在打捞。村众听见叫喊，也都奔到江边上来。他们束手无策的在干着急。打捞了半天，也不见一丝踪影。直忙到中午，他们方才放弃了打救。

但屈原是不死的。他永远活在汨罗江边的人民的心上，也永远活在楚国人民的心上。他们唱着他的歌词，就如他还活在世上一样。他的歌词和他们的生活是那么亲切，那么贴近！

他们世世代代的想念着这个伟大的爱国诗人。他的歌词永远鼓舞他们为祖国的光荣而斗争。

每到五月初五这一天，他们便划出船来到江心去打救他，还盼望着能够打救到他。

原载于《收获》1957年第2期